日本の名匠　目次

刀匠

虎徹……三
山浦清麿……一三
明寿と忠吉……一八
国広・国貞・真改……二一
助広・康継……二四
変りものの刀工たち……三八
助真……四八
宮入昭平……五一

陶工

藤四郎……七一
加藤民吉……八四
志野宗信……九四
古田織部正……九六
景光・景延……一〇四
長次郎……一一〇
ノンコウ道入……一一四
本阿弥光悦……一一七
乾山……一二三
仁清……一四一

刀匠

虎徹

日本の職人の伝記は大体において不明である。なかでも刀鍛冶のことはわからない。日本では刀剣はほぼ西洋における宝石ほどに宝物視されたので、西洋で宝石にまつわる伝説や秘話が多いように、名刀にまつわる話は多いのだが、それを製作した匠人のことは、ほとんどわからない。居住地と、仕事をした年代のあらまし、技術の系統くらいはまあわかるが、それ以上のことはわからないのが普通である。

製作者としては、これは最も本懐なことかも知れない。芸術家は作ったものだけで世の中と接触していればよく、その他のことは余計であると、ぼくはいつも考えているが、刀鍛冶と刀との場合はそれだからである。

上述のように、刀鍛冶の伝記はほとんどわからないが、わかっている人もいくらかはいる。そのわかっている人々の伝記を、少し書いてみる。

最初は、新刀第一の名匠といわれている長曾根興里入道虎徹《ながそねおきさとにゅうどうこてつ》。

虎徹は越前の生れで、はじめは甲冑師として加賀の前田家のおかかえであったという。その彼が刀工に転身したいきさつについては、古来講談めいた話が伝わっている。

虎徹は自らの技倆をほこって、わしの打った冑《かぶと》は堅剛無比であると言っていた。そのころ、加賀家のおかかえ鍛冶でなにがしというものがあった。今貞宗《さだむね》といわれているほどの名工であったというから、二代兼若《かねわか》か、三代兼若であろうと思うが、これがまた自らの技倆をほこって、おれが鍛えた刀は鉄石といえども泥のごとくに斬れると言っていた。金沢の城下では大評判になり、ついには両人の不和となった。

これが当時の藩主に聞えた――ということになっているが、このころの藩主といえば、前田五代目の綱紀であるが、綱紀は当時はまだ少年だ、この人は三つで家をついだ人で、十七歳になるまで祖父《じい》様の利常が後見したというから、ご隠居のこの利常の耳に達したのであろう。わざと鼻毛をのばして馬鹿面をこしらえ、百万石の安泰をはかったというあの人だ。

利常は興あることに思って、二人を呼び出し、その方共はしかじかと言っているというが、しかとそうかとたずねた。その通りでございますと、双方ともに言う。

「それでは、余が判定してつかわす。今日より何十日のうちに、双方ともに心のかぎりなるものを作り出し、余が前でそれをこころみよ」

ふたりは委細かしこまって、退出した。

数十日経って、いよいよその日となった。

勝負は虎徹の鍛えた冑を兼若が自作の刀で斬り、見事斬りわることが出来れば兼若の勝ち、斬りそこなえば虎徹の勝ちという次第だ。

場所は金沢城内御殿の庭上だ。虎徹が台の上に冑をすえると、兼若は刀をひっさげて進み出た。抜きはなってふりかぶり、気合の充実を待った。気力充溢、意気昂揚、自信にあふれている。鉄壁ものかは、たしかに両断すべく見えた。

（こりゃいかん、おれは負ける！）

と、虎徹は思った。いきなりさけんだ。

「待った！　冑がゆがんでいる。直します」

と言って進み出、冑をおきなおした。

「さあ、これでよい。存分にやって下され」

兼若は腹を立て、渾身《こんしん》の怒気をふくんで斬りおろしたが、気合をはずされていたので、刀は冑の真向にあたっただけではねかえり、かすり傷もつけることが出来なかった。余憤やみがたい。

「エイヤ！」

と、かけ声して、そばにあった青銅の大水盤を目がけて斬りおろしたところ、さしもの大水盤が見事にまっぷたつになった。身の毛のよだつほどの切れ味であった。

「両人ともにあっぱれであるぞ。勝負はなしとしようぞ」

利常は両人ともに賞して褒美の金をあたえた。

虎徹は家にかえったが、今日のことがほんとは自分の負けであることがわかっている。恥じて、加賀から姿を消して、行くえ不明になった。

いかにも、講談めいた話で、信用しかねるのであるが、否定の材料もないのである。彼が加賀で甲冑師をしていたことは事実である。しかし、そのころの名はわからない。いずれ、明珍なにがしとか、早乙女なにがしとか、名乗っていたことであろう。

加賀を立去る時、虎徹は甲冑師をやめて新たに刀鍛冶になる決心をしていた。防御の武具より攻撃の武器を作った方が得だと思ったのか、世が太平になって、甲冑の注文は至って少なくなったが、刀剣は武士に欠くことの出来ないものだけに注文のなくなることはないと計算したのか、多分後の考えによると思われるが、ともかくも転業再出発の決心をしたのである。

彼はどこへ行ったか。

古来の説によると、越前に行き肥後大掾《ひごだいじょう》貞国について鍛刀の稽古をはじめたというが、近ごろの学者の研究によると、貞国は慶長度(一五九六―一六一五)の人で、時代が前すぎるという。しかし、越前は名刀鍛冶として家康にごく寵愛された康継《やすつぐ》以来、名刀匠の輩出しているところでもあり、虎徹にとっては故郷でもあるから、貞国ならずとも、だれかについてここで修業したのであろう。

また一説によると、近江の長曾根村に行って修業したともいう。長曾根村は彦根の近くである。近江は前記康継の出生地で、名刀鍛冶の伝統のあるところである。また長曾根村には長曾根鍛冶といって刀匠の集団があった。さらにここの近くの国友村は鉄砲鍛冶の集団のいることで有名であった。昔の鉄砲は一挺一挺鍛えるのである。その製鉄技術や折れず曲らない鍛練の法は、刀鍛冶にもずいぶん参考になったはずである。

ぼくは、最初は越前で修業し、さらに長曾根村に移って修業を重ねたのであろうと思っているが、異説もある。元来、彼は長曾根村の出身だというのだ。前身が甲冑師であったことは事実だが、その刀鍛冶としての修業地は江戸であり、師匠は上総介《かずさのすけ》兼重だというのである。

修業の期間がどれほどであったか、これもわからない。彼がさかんに作刀したのは、四代将軍家綱の寛文年間(一六六一—七三)であるが、作刀にはいっている銘文から見て、寛文に先立つ五六年前あたりから、独立の刀鍛冶として江戸で門戸をひらいたのであろう。

たちまち評判になり、名刀鍛冶の名をうたわれたようである。

それは、第一にはその無類の切れ味による。

「虎徹の刀は鍬《くわ》をつらぬく」という評判があった。

第二には、元来が甲冑鍛冶であるから、彫刻もじょうずである。刀身に彫刻するのは古刀の時代にもないことではなかったが、新刀時代になると、太平の時代の好みだろう、人々が大へんそれを好むようになって、技法を凝らした精巧な彫り物が多くなっている。虎徹はこれがまことに巧みであった。

刀の切れ味を見るには、いろいろな法があった。青竹をしんに入れてむしろを巻き、しめりをくれたいわゆる巻きわらを斬る法もあったが、この時代には直接に罪人を斬る方法が普通に行われた。首斬り役人に頼むのも一つの方法だが、それを職業にしているためし役というのがいたから、それに頼んでやってもらうのが普通であった。首斬り役人は首を斬るだけであるが、ためし役は死体によって胴も斬ってためす、場合によっては袈裟《けさ》がけにも斬った。有名な山田浅右衛門は本来の身分は浪人であるが、幕府から罪人の首斬りと刀のためし役を委嘱されていたのである。

虎徹の作品はこういう連中に頼んでためしてもらって、実によく斬れるというので、大評判になったのである。

ちょうどこの時代、虎徹の刀が実際に使われて、すごい切れ味を発揮して、大評判になったことがある。

貞享元年（一六八四）八月というから、虎徹のさかりのころから十数年も後のことだ。殿中において大老堀田正俊が若年寄の稲葉正休《まさやす》に斬られた事件がおこった。

ふたりはいとこ同士で、平生からなかがよく、この前夜稲葉は堀田を訪れ、いともしめやかに数時間を談話し合っている。どうしてこんなことがおこったか、当時もよくわからず、今日もなお疑問に包まれているのだが、ぼくは当時の将軍綱吉が堀田をはばかりきらっているのを見て、稲葉が忠義だてに殺したのだと思っている。綱吉のわがままな政治のはじまるのは、この時からなのである。

ともあれ、稲葉は堀田を斬る決心をしたので、その日さして行く脇差も大いに吟味して、虎徹の刀は鍬をつらぬくと聞いて、数ふりをとりよせ、自ら鍬をつらぬいてみて、つらぬいたのを差して出かけたのである。

稲葉正休は、登城するとすぐご用部屋に行った。そこでは堀田大老が老中らと何やら話している。正休は入り口にひざまずき、

「少々申し上げたいことがござる。ここまでご足労願います」

と言った。堀田は何気なく立って出て来た。

「何でござる」

と、すわっていう。

稲葉はぬく手も見せず腰の虎徹をぬき、

「天下のおんため、尋常のご覚悟あれ！」

とさけんで、右の腋の下から左の肩先につらぬいた。左の手でしっかと堀田をつかんで刺しつらぬいてえぐったというから、助かりようはない。堀田は即死した。

この事件によって、虎徹の名前は一層高くなった。こんな事件があると、刀の評判が上ったり下ったりしたものだ。この時から五十年ほど前に伊賀越えの仇討が行われているが、あの時荒木又右衛門の刀、伊賀守金道《かねみち》が下郎から棒で打たれて折れたというので、金道の刀の値段が大暴落したという。このずっと後に佐野政言《まさこと》が殿中で若年寄田沼意知《たぬまおきとも》を斬ったことがあるが、その刀が一竿子《いっかんし》忠綱《ただつな》だったので、忠綱の値段が大暴騰したという。

幕末維新のころ、近藤勇の佩刀《はいとう》が虎徹であったという話は最も有名であるが、それはニセモノだったという話がある。

文久三年（一八六三）の正月、出羽庄内の郷士清河《きよかわ》八郎は旗本の山岡鉄舟らと相談して幕府のためにつくすという名目で幕府から金を出させ、浪人を募集して、新徴組をつくった。あたかも、将軍家茂は京都朝廷からのきびしい要請で上京することになったが、当時の京都には反幕勢力が充満している。長州藩が中心となり、京に集まっている全国の浪人志士らを組織して、反幕熱をあおっているのだ。幕府としては対抗策を講ずる必要があった。新徴組は将軍の護衛という名目で、京に上った。もっとも、将軍は東海道をとり、新徴組は中山道をとった。

この新徴組の中に、近藤勇がいた。彼は数日前、刀屋に行って、

「飛び切り切れ味のよい刀をほしい。代はずいぶんはずむ」

と頼んだ。刀屋はさがしてみましょう、両三日待っていただきますと答えて近藤をかえしたが、思うところがあった。その少し前、山浦清麿《やまうらきよまろ》という鍛冶がいた。四谷に住んでいたところから四谷正宗といわれているくらいよい刀を作った。この清麿の刀に贋銘切りの名人である細田平次郎直光――通称鍛冶平というのに清麿の銘をすりつぶして虎徹の銘を切らせ、適当に古びをつけて、つかませようというはら。

刀そのものは四谷正宗、銘は名人といわれたほどの男の細工だ。近藤はまんまと引っかかり、

「さすがは虎徹だ。胸がすくような」

というようなことを言って、五十両という大金をはらって、引取った。

さて、新徴組は京についたが、その翌日、清河八郎は朝廷の学習院――当時の学習院は公家の子弟の学問所というより、民間から朝廷への意見申立て所になっていたが、ここにむかって、

「われわれは尊王攘夷の赤誠をいだいている者であります。われわれに働く場をおあたえいただきたい」

と陳情した。一体、清河は将軍護衛なぞする気はない。浪人を集めて一勢力をつくり、国家のために働くために、幕府の力を利用したにすぎない。こうするのは、最初からの目的だったのだ。

朝廷ではこれを嘉納し、攘夷を実行せよとの勅諚まで下賜された。

幕府側では仰天して、理由をもうけて新徴組を関東にかえしたが、一部帰らないで居残った者がいた。これが新選組になったのだ。

新選組は会津藩の雇い武者の形になって京都に滞在をつづけたが、彼らがその威力を最初に発揮したのは、この翌年の三条小橋の池田屋事変の時だ。自らの存在価値を旦那に知ってもらえる最初の機会だったので、彼らは精一ぱい、根かぎりの働きをした。

新選組が——中にも近藤が、鬼神の強さをもっていると恐れられるようになるのは、この時からである。彼はこの時のことを、養父の周斎に手紙で知らせている。

「同志の者の刀は皆刃こぼれしたり、折れたり、曲ったりしましたが、拙者の刀は虎徹であるためか、無事でありました」

というのだ。彼はついに贋物であったことに気づかなかったのである。

山浦清麿

虎徹が刀鍛冶として世に出たのは、大体五十くらいのころであったろうと推定されるのだが、ずいぶん長命で、八十くらいまで生き、しかも最晩年に至るまでしごとをしていたらしく思われる。もっともはっきりとはわからない。

虎徹のあとは、弟子の興正《おきまさ》が養子となってついだ。これもなかなかの上手である。もちろん、作風は似ている。

虎徹一門の作刀が切れ味がすぐれていたのは、いろいろな原因があるが、その最も主たるものは、製鉄の技術に特殊なものがあったといわれる。古い鉄を原料につかったというのだ。古釘や、古いいかりや、古い鍋釜や、古い鋤鍬や、つまり古い製鉄法でこしらえた鉄を見つけて来ては、それを原料としたといわれている。新刀時代になると、西洋の鉄が南蛮鉄として輸入されるようになり、刀匠らの多くはこれを使って製刀したのだが、西洋の製鉄法は高熱をもって処理するので、鉄の処女性が失われるといわれている。虎徹はここに気づいたのである。だから、はじめ彼は古鉄入道と号している。後に音が同じである虎徹に改めたのである。

数年前、ぼくの知人が法城寺正弘の刀を持って来て見せたが、その刀の中心《なかご》に金でこういう意味の文書が象眼してあった。

「播磨国何村で古い鉄を発掘した。自分はこれによって、この刀を鍛造した云々」

刀はひどくさびていたので、ぼくが世話して、知合いの刀屋に頼んでといでもらったが、その刀屋がこう言った。

「この錆は普通の刀の錆とちがうと、砥師が言っていました云々」

虎徹のことは、これでぼくの知っている全部だ。次には、近藤勇がつかまされたニセ虎徹の作者、山浦清麿の伝記にうつろう。

清麿は、信州小諸《こもろ》近くの赤岩村で生れた。父は山浦治右衛門、中小級の地主で、郷士であった。この赤岩という部落は小諸から千曲川《ちくまがわ》沿いに四五キロ下ったところにあるが、小諸から千曲川沿いに四キロほど上った対岸には山浦という部落がある。山浦家はここから出て赤岩に移ったのかとも思われる。

前述の通り、山浦家は地主で郷士なのだから、元来は鍛冶ではなかった。清麿の兄の真雄《まさお》が刀剣の鍛練が好きで、上田の松平家のかかえ鍛冶である河村三郎寿隆《としたか》について学んだので、刀工となった。真雄は腕もよかったが、熱心な男で、江戸に出て当時の名工といわれた細川正義について学び、さらに正義の師匠の水心子正秀《すいしんしまさひで》にもついて学んだ。水心子正秀は復古刀の法を発明し、天下の鍛刀法を一変させ、新々刀というエポックをつくったほどの人である。深きより深きにたずね入らずにいられない真雄の、まじめで、熱心で、ねつっこい性格がよくうかがわれるのである。

清麿の当時の名は内蔵助といったが、兄の鍛刀ぶりを見ているうちに、興味を感じて、はじめた。はじめ、真雄はみずから教えていたが、肉親では教えにくかったのであろう、自分の最初の師匠である上田の寿隆に弟子入りさせた。

以上のことは、大体十六ごろのことだというが、このころに清麿は恋愛をしている。年上の女で、赤岩村から千曲川沿いに二キロほど下流の村のものだったというから上田の師匠のもとに通う間に知合いになり、恋に発展して行ったのであろう。

間もなく、この家に養子となってはいり、長岡という名字になったのだが、彼はこの事件によって実家を勘当されているし、女にはすぐ子供が生れているから、恋愛ではなく、情事によって妊娠させ、女にせまられたのでやむなく入聟《いりむこ》になったのかも知れない。十七でこうなのだから、恐れ入ったものである。

鍛冶の方は、すぐれた天分にめぐまれていて、たちまち上達した。そのころの鍛冶名は環、正行、秀寿、また正行にかえるといったぐあいで、転々として変っている。彼はたしかに天才なのだが、これは天才によくあるゆれ動く心からのことかも知れない。

秀寿という名前は、ちょっと説明を要する。彼の師匠は寿隆、兄の真雄の当時の名は寿昌だから、秀寿とは両人にまさるという意を寓したのだという。これも天才によくある、傲慢さからであろう。

ついでに書いておく、彼は非常な美男子だったという。たけ高く、色白く、細おもてで、唇が丹花のようであったという。不幸な運命を背負っている病的天才の感じである。長岡家に聟入りしたころから、清麿の飲酒がはじまった。

長岡家のことはよくわからないが、山浦家が勘当したくらいだから、郷士ではなかろう。しかし、名字を持っている家だから、百姓であったにしても、相当ゆたかな家であったろう。娘ではなく、後家だったのかも知れない。年下の夫はかわいいものだという。清麿が美男子であるだけに、年のひけ目を感ずることが強く、きげんとりに酒をのむことをすすめたのかも知れない。ともかくも、彼はたちまち大酒のみになり、ついにそれは生涯の悪癖となった。

この飲酒癖から家庭がおもしろくなくなったのか、それとも欝屈するものが生じて家庭がわずらわしくなったのか、十九の時、妻子をふりすてて家を飛び出してしまった。天保二年（一八三一）のことであったという。

勘当になっているのだから、実家に帰るわけには行かない。今地震で名高い松代《まつしろ》に行った。多分松代で刀鍛冶をして口すぎしたのであろう。当時の松代は真田家十万石の城下である。

ここには三四年いたが、どんなことがあったかよくわからない。この期間の作刀があるから、刀鍛冶をしていたらしいことがわかるだけである。

彼が鍛冶名を正行とえらび、また後年には清麿とえらんでいることをもって、彼には勤王の志があったという人もいる。この人々は彼はこの期間に松代の佐久間象山と交際があり、思想的にも大いに共鳴し合ったろうと推察しているが、つまりは推察で、証拠のあることではない。あったとしても、当時の象山は二十をほんの少し出たくらいの年である。しかも、これも傲慢な天才だ。両人とも傲慢な天才とあっては、親しくなれたろうか。ぼくには信ずることが出来ないのである。

松代に三四年いて、松代藩士のだれからか紹介状をもらって、江戸に出た。紹介状のあて名は麹町表三番町に屋敷のある窪田清音《すがね》という旗本である。

窪田はお広敷番頭（大奥詰めの役人頭）であった。文武両道に達した立派な人物で、愛刀家でもあった。清麿の作刀を見て、舌を巻いて感嘆した。

「引受けた。当家にいるがよい」

と、食客としてとどめた。

何年、窪田家に厄介になっていたか、よくわからないが、酒がなくては一日もいられない男だ。いろいろ失敗もあったらしい。しかし、窪田は清麿の技倆にほれこんでいる。説教をしいしい、世話をつづけた。

学問の道でか、風雅の道でか、窪田と親交のある備前屋喜兵衛という富有《ふゆう》な町人があった。これも清麿の作刀を見てほれこんだ。窪田との間に相談が行われる。

「山浦さんをああして遊ばせておくのは、おしいものでございますな」

「うむ。当代まれな腕をもっているのだが、あの酒ではなあ」

「ひまがありすぎるのでございましょう。仕事があれば、そう飲みもしますまい」

「そうも思うが」

「店を持たせてあげようじゃございませんか、金は手前にまかせて下さいまし」

ということで、四谷の伊賀町に鍛冶場を持たせることになった。窪田が重々酒をいましめたことは言うまでもない。清麿も大いに感激し、酒をつつしむことを誓った。

こうして、窪田家を出て、四谷の鍛冶場に移ったのだが、そのあとがさっぱりいけない。気が向かないのか、仕事をしないのである。のみならず、酒ばかりのんでいる。しかる人がそばにいなくなって、解放感があって、のめりこんで行ったのかも知れない。

窪田と備前屋は心配して、清麿のために知合いを説いて、刀講《かたなこう》をつくってやった。月々いくらかずつ金を出し、くじにあたった者から刀を受取るというしくみのものである。百人の入会者があったから、月々相当な金が清麿の手もとにはいって来るわけだ。

「お礼の申し上げようもございません。やります」

と清麿は強く感激し、仕事をはじめた。天保十年に、最初の一ふりが出来た。それは現存していて、

山浦環正行、天保十年八月日、武器講一百之一

と中心《なかご》にきざんである由である。当時は彼の名は正行である。

刀講の第一作として清麿のうちあげた刀は、刃わたり二尺三寸五分、板目はだのはなやかな地肌に、五の目《ぐ》丁子乱れに、地にえのある、豪壮華麗、凝視していると、恍然として気の遠くなるほどな、すばらしい出来ばえであった。講にはいっている人々は皆驚嘆した。受取り人のよろこんだことは言うまでもない。発起人の窪田清音も大いに面目をほどこした。清麿を呼んで、かくかくの次第と語り、

「皆様も一日も早く受取りたいと言っておいでだ。精出してくれるよう」

とはげました。

詩人でも、作家でも、画家でも、工芸家でも、俳優でも、音楽家でも、歌手でも、およそ技芸をもって世に立っている者の最もよろこぶのは、人の賞讃だ。賞讃ほどその人を鼓舞するものはなく、その人を成長させるものもまたない。賞讃こそは、技芸の花を美しくひらかせる雨露の恵みであると言ってよい。全然人にほめられない芸術家はしぼんでしまうのである。

「そうでございますか。そんなによろこんでいただけましたか。お気に召していただいて、ありがたいことです。やりましょう。なに、わけはありません。三年で全部やってしまいます」

と、清麿は張り切った。

せっせとやり出したのだが、長くはつづかなかった。

天才とは集中力であるという説がある。集中はやたらに出来るものではない。昔から名人肌の職人には気が向かなければ仕事をしないのが多いといわれているが、それはこのためであろう。清麿の場合もそうだったのかも知れない。あるいはまた、天才はマンネリズムがきらいで、常に創造を心がけるものだから、飽きっぽい人が多い。清麿はそれだったのかも知れない。

ともあれ、彼は飽いて来て、仕事をつづける気がしなくなった。しかし、金をもらっている手前、やらなければならないという気はあって、それが絶えず心を圧迫する。この苦しさが、好きな酒に走らせた。

朝も、昼も、夜も、飲む。とうとう武器講の金を全部飲んでしまった。それでも飲みたい。かえって一層飲みたい。こうなると、餓鬼も同然だ。麻薬患者が麻薬を要求してやまないのに似ている。

近所のおかみさんらに銭を借りては、居酒屋に行って、枡酒をキューッとあおって、かわきをしのぐようになった。

このころの彼は二十七八歳、前にも書いたように、色白のすごいほどの美男だ。そのころの江戸の小商人や裏長屋のおかみさんらは、大へん浮気であった。それはこのころの江戸の小説を読めばよくわかる。ほぼ今日のよろめき夫人に似た気持のものが多かった。浮気するまでの勇気はなくても、いい男には皆好意をもつ。ねだられると、

「あいよ。いくらでいいの」

と、気前よく貸してくれる。大した金ではない。当百という文字が浮き出しになっていて、一枚を銅銭百文に通用させるために出した真鍮貨なのだが、八十文にしか通用しなかったという銭だ。借りるのはせいぜいのところ四枚までだ。清暦がにっこり笑って、指を一本立てて見せれば一枚、二本立てれば二枚、三本立てれば三枚と、口で何も言わなくても、いそいそと貸してくれたという。

しかし、こんなことがいつまでもつづけられるものではない。また、窪田は講なかまにたいする責任があるので、うるさく訓戒し、催促する。こうなると、一層仕事が出来ない。原稿のさいそくばかりされているぼくには、この気持はよくわかる。死にたいくらい憂鬱なものだ。昂ずると逃げ出したくなる。

とうとう、清麿は夜逃げしてしまった。

芸者と深いなかになって、手に手をとって駆落ちしたという説もあるが、ともかくも、江戸から消えた。

どこへ行ったかといえば、長州へ逃げたのだ。これも彼の勤王家説のよりどころの一つになっている。しかし、彼の勤王家説には、ぼくは疑問がある。勤王家説はかなり根

強い説だから、ぼくの疑問点をちょっと述べておく。

一体、長州藩は薩摩藩とならんで維新運動の中軸であったには相違ないが、この時代――天保度の長州藩には、特筆しなければならないほどの尊王精神や勤王精神はない。長州藩にそれが熱烈におこったのは、この時から十二三年も後の安政元年(一八五四)以後のことだ。吉田松陰がペリーの軍艦でアメリカへ密航しようとしたのがばれて捕えられ、国もとに送還され、しばらく禁獄の後、自宅で松下村塾をひらき、青少年らを教育してからのことである。だから、もし清麿に勤王精神のあったのが事実としても、この長州行きはその証明にはならない。

しかし、長州に行ったのは事実なのだから、なにか理由はあったに相違ない。それは今ではわからなくなっているが、ぼくの見当を言えば、長州の刀鍛冶に親しい知合いがあって、それをたよって行ったのではないかと思っている。

一体、長州の刀工は、ほとんど全部が周防の吉敷《よしき》郡にいた仁王(二王とも書く)の系統を引いている。仁王一類の祖は、鎌倉時代末期から南北朝時代にかけて、この地にいた刀工清綱である。これが仁王三郎と通称していたので、この名がおこった。なぜ清綱が仁王と名のったかといえば、ある時ある寺が戦火にかかって焼けた時、清綱の刀で鉄鎖を断ち切って扉をあけ、仁王像を助け出すことが出来たところからであるという。相当な名刀鍛冶である。

この系統の刀工が、周防や長門にひろがって、古刀時代をおわり、新刀時代、新々刀時代におよんだが、この派の人々の鍛冶名には大てい「清」字がついている。清盈、清美、清次、清国、正清という風だ。清麿が正行から清麿と改めたのは、仁王一類の名のりに関係があるのではないかと、ぼくには考えられるのである。

だから、作家的空想をほしいままにするなら、長州の仁王系統の刀工で、江戸に修業に来ている者が、どこかで清麿のうった刀を見て、感服のあまりたずねて来て交りを結び、親しくなった、そのうち、その鍛冶は国に帰った、やがて、清麿は江戸がやり切れなくなったので、たよって長州に落ちて行ったという風に考えられるのである。

小説にするなら芸者をからまして手に手をとって落ちて行ったことにした方が、色どりがあってよかろう。

あたっているか、はずれているか、今日となっては確かめるすべはないが、ぼくには彼の長州行きはこの程度のことにしか考えられない。尊王だの、勤王だのといっても、天保度では、日本中まだのんびりしたものであった。日本人の心がけとして、皇室は尊重敬愛すべきものであると、武士、町人、農民を問わず、漢学をやったり、国学をやったりする、いわば知識人らが、観念として持っている程度で、とうてい嘉永、安政、万延、文久と、しり上りに上って行き、ついには狂熱的にすらなったようなものではないのである。

さて、清麿は長州に行ったわけだが、彼のような生活態度では、どんな名人でも、天才でも行きづまることは目に見えている。

やがて、江戸に舞いもどって来た。弘化元年（一八四四）ごろではなかったろうか。とすれば、三年くらいは旅の風に吹かれていたことになる。

江戸では、たよるところは窪田清音しかない。何よりも顔出しして、機嫌だけでも直しておいてもらわないと、鍛冶の開業も出来ない。備前屋喜兵衛に取りなしを頼んだ。備前屋にだって顔出し出来るものではないが、ほかに方法もないので、仮面《めん》をかぶって高い敷居をまたいだ。備前屋はあきれもし、こごとを言いもしたが、窪田に連れて行ってくれた。

しかし、窪田はゆるさない。刀講の発起人として、講なかまに顔向けの出来ないほどのつらい思いをしたのだ。武士の身が百万べんもおじぎをしてわびなければならなかったのだ。

「どの面下げて来た。本来ならば斬って捨つべきやつだが、斬るも刀のけがれ。きりきりかえれ！　二度と顔を見せるな！」

と、けんもほろろだ。そこで、こんどは兄の真雄に手紙を出して、取りなしてくれるように頼んでやる。

こういう甘ったれたところ、ぼくは太宰治を思い浮かべずにはいられない。地方の豪家の二三男で、才能ゆたかに生れついて、甘やかされて育ったところは同じである。

真雄だって弟が恩人の窪田に不義理をして江戸から消えたことは知っていて、窪田にすまなく思っていたのだ。弟の手紙を見て、こまったとは思ったが、肉親の愛情がある。自分もなかなかの名工だけに、弟の才能が稀世のものであることが十分にわかっている。(前非を悔いて、しのこした刀講の刀を造るなら、窪田様のためにもなる)と思ったので、はるばると江戸に出て来て、弟に会ってみると、後悔にうそはないようだ。きっと仕事に精出して、刀講の刀はつくると、かたく誓言する。酒もやめるという。

かわいい弟が、旅にやつれた顔で、しおしおとして、こんな殊勝なことを言うのだから、まじめ人間の真雄は、信用せずにはいられない。窪田の屋敷に行って、わびを入れた。

窪田はついにゆるした。これも清麿の才能は十分に買っているのだ。

清麿はまじめに仕事に精出しはじめたが、彼は多作家ではない。精魂を打ちこむためか、体質が元来弱いためか、作品はすばらしいのだが、数は打てない。それでも、こんどは根気よくつとめた。弘化三年には、窪田のために一ふりの刀を鍛えて贈っている。これもすばらしい出来であった。銘に「為窪田清音君　山浦環源清麿」とあり、裏銘に「弘化丙午年八月日」とある。

大体このころから清麿という名前にしているが、前述の通り消麿の清は仁王一家の通名の清で、和気清麻呂とは関係はあるまいとぼくは思っている。明治末期からこの大戦まで、幕末、維新時代に生きた少し有名な人物は、その郷士では皆勤王家にしようとした。勤王家でなければえらくないということはないのだから、無理なことをすることはない。

清麿の酒がまたはじまった。女が出来、その女を引きずりこんで、いっしょに日夜酒をのんで、仕事もろくにしない生活がつづいたが、それでも時々仕事場に出て鍛えると、出来上ったものは目のさめるような見事さであった。

そのころ、弟子が出来た。明治三十四年まで生きていた斎藤清人と明治八年までは生きていたこと確実な栗原信秀の二人だ。信秀はいつ弟子入りしたかわからないが、清人は嘉永五年（一八五二）四月に弟子入りしている。七年十一月には清麿は死ぬのだから、清人の教えてもらったのは、わずかに満二年八ヵ月だ。信秀だってこれとそう変りはあるまい。しかも、この短い期間の末の方は、清麿は多年の不摂生がたたって、胸をわずらっていた上に中気気味であったというから、実地に教えるどころか、口でもろくに教えることは出来なかったはずだ。

だのに、この弟子らは、清麿の死後、実によく師のためにつくしている。二人が義理がたい性質であったことは言うまでもないが、わずかな間でも清麿に教わったことがすばらしくよいことだったからではないだろうか。二人とも名工といわれるほどの刀工になるのである。その作品は新々刀ではごく上位にランクされている。

清麿は、画家の河鍋暁斎と友だちだった。暁斎は清麿の死んだ時二十七だから、十五も違うのだが、これまた一種の天才であり、大酒のみであったから、気が合ったのであろう。いつも往来して、だいぶ親しかったというが、ある時、清麿は暁斎から絵の具に使う緑青《ろくしょう》をもらった。緑青は猛毒だ。おそらく自分のからだが急速に衰えつつあることが自覚されるについても、やがて仕事が出来なくなる予感があり、その時はこれを飲んで死んでしまおうと思ったのではないか。あるいはまた、太宰がいつも自殺の誘惑に駆られて、いく度も自殺を企てたように、彼もその誘惑を常に感じている人だったかも知れない。

嘉永七年の冬になると、彼はついに仕事が全然出来なくなった。そこで、緑青を服したが、苦しくて、嘔気をもよおした。とうてい楽に死ねそうにない。厠にはいって吐いたあと、そのまま、たずさえていた短刀で切腹した。それでも、死に切れず、苦悶していると、弟子らが気づき、おどろいてかかえ出した。

苦しい息の下から、

「借金になっている刀は、お前らと兄とで、こしらえて返してくれ。頼む」

と遺言して、こと切れた。嘉永七年十一月十四日、四十二歳であった。

真雄は信州から飛んで出て来た。そして、弟子二人と自分とで、三年かかって、数十ふりを鍛えて、弟の刀債を完済したという。

天才には往々にしてエキセントリックで、身勝手で、人を犠牲にすることが平気なのがいるものだが、清麿もそれだったのである。

明寿と忠吉

古刀と新刀とをわかつには慶長元年をもってし、以前のものを古刀、以後のものを新刀とすることになっている。分類ということは何によらず機械的になるものだが、これもまた乱暴といってよいほどの区分法である。恐らくこのへんの刀には、古刀末期のものとほとんど変らないものが多いに違いない。

問題はなぜこの時代をもって区分したかだ。一つには製鉄法の変化だという。古刀も南北朝ごろまでは、鍛冶自身が山にこもって長い月日をかけて砂鉄からこしらえたが戦国時代になると刀を大量製産しなければならないので、そんなことをしていられない。専門の製鉄業者が出来、それから買うことになった。これはどうしても量産しなければならないから、念入りなことはしておられない。鉄が粗悪になる道理だ。従って鍛刀の法も変化せざるを得ない。その上、末期になると南蛮鉄の輸入があって、これをまぜる。

ますます鍛刀法が変化したと考えられるのだ。ともあれ、南北朝時代以前の製鉄法は失われて、今日でも刀工たちが必死でさがしているが、わからないという。しかし、その他にもあったのではなかろうか。

ぼくは豊臣秀吉の朝鮮出兵を考えないではいられない。日本内地では想像もおよばないほどに寒気のきびしい朝鮮では、刀が折れたり、刃こぼれしたりすることが多かったに違いない。出兵の諸大名の多くは刀工を連れて行ったはずだ。刀や槍を修理したり、補充したりするためにだ。この刀工らは従来の刀の欠点(寒地にたいする不適合性)について、いろいろ考えたはずだ。古刀・新刀の交代期が朝鮮役のちょうど休戦期と合致しているのは、このために違いない。これがぼくの推察である。あるいはこれは前人がすでに言っていることかも知れないが、であるなら、甘んじて遼東《りょうとう》の豕《いのこ》のそしりを受けよう。

新刀の元祖といわれているのは、埋忠明寿《うめただみょうじゅ》である。しかし、明寿は刀工としてより、刀身の彫刻が上手で、むしろ、彼の弟子ということになっている堀川国広、肥前忠吉らの方が、刀工としては上手である。

明寿は、平安朝時代の名工である三条小鍛冶宗近《むねちか》二十五世の嫡流といわれ、刀工界の大名門である上に、豊臣秀吉のかかえ鍛冶となって、四条室町に邸地をあたえられて住み、当時最も権勢に密着している刀工であった。

忠吉は肥前の生れである。本名は橋本新左衛門尉。代々の刀工の家に生れた。幼くて父道弘（壱岐守）に死別し一族の刀工某に養われて修業した。孤児としてずいぶん苦しいこともあったろうが、それは伝わっていない。当時この国の諫早《いさはや》に伊予大掾宗次《むねつぐ》という刀工がいたので、これにもついて学んだという。

以前ぼくは何かで忠吉が鍋島家に従って朝鮮陣に行ったと読んだ記憶がある。果してそうなら、寒地における日本刀の工合を実見し、いろいろ工夫があったはずである。朝鮮役のはじまった時、彼は二十一であった。現代の二十一とは違う。一人前の技倆は出来ていたはずである。

慶長年度に京に上って埋忠明寿の門にはいったというが、それがもし朝鮮役後であったとすれば、慶長三年以後であろう。この年の八月に秀吉が死に、その遺命で出征の将兵が引上げて来て博多についたのが十二月だ。二三年肥前にいてからの上京であろうから、大体慶長五六年、多分は五年の関ヶ原役がすんで、一応天下に平安が来てからではなかったろうか。もし五年の上京であったとすれば、年二十九だ。働きざかりだ。すでに十分に技倆は出来ていたろう。だから、明寿門にはいったのも、明寿門下という名がほしかったからであろう。せいぜい、彫刻の技くらいを学ぼうというのであったろう。

忠吉ほどの技倆のある者であれば、それを弟子にすることは、明寿にとっても名誉である。実際、明寿が忠吉の作刀に「此忠吉埋忠明寿弟子（此ノ忠吉ハ埋忠明寿ノ弟子ナリ）」

と裏銘したものがいくふりかある。明寿は忠吉を弟子にしていることを自慢にしているのである。

こんなわけでの上京だから、忠吉としては長く滞京している必要はない。明寿のために代作の二三ふりもして、二三ヵ月で帰郷したのではなかったろうか。代作は昔の刀工では普通のことであった。虎徹などにもずいぶんある。帰国後は佐賀にいた。この時代の作品の銘は多く「肥前国忠吉」とあり、五字忠吉とて、最も貴重されている。後に忠広と改名している。寛永九年（一六三二）八月死。六十一。

国広・国貞・真改

堀川国広は日向の伊東氏の家来で、父は田中旅庵国昌という刀工であった。代々の刀工であった。日向東諸県《もろかた》郡綾《あや》村古屋というのが、代々の住所であった。鍛冶で大名の家来というのは、他国の人にはいささか不審であろうが、南九州では刀鍛冶は士《さむらい》なのである。

伊東氏は天正五年（一五七七）十二月に島津氏に最後の拠点佐土原を攻めおとされ、伊東義祐は遠く豊後の大友宗麟をたよって落ち、回復をはかったが、宗麟は天正六年冬島津氏との合戦に惨敗した。義祐は望みを失って、京都に去り、ついに旅の空で死んだ。

後に伊東氏は南日向の一部五万七千石の領主に返り咲き、飫肥《おび》を居城とするようになるのだが、これは豊臣秀吉の島津征伐後のことである。

主家はほろんでも、国広は刀鍛冶だ、生活にこまるということはない。綾の古屋にとどまっていたろう。

「天正十二年二月彼岸」と裏銘に製作年月を切った刀があり、表銘には「日州古屋之住国広、山伏之時作之」と切ってある。彼は後年京都堀川におちつくまでは、どこで鍛えたものでも、日向の住人であることを明らかにした銘を切っているが、この作刀は古屋にいる時のものだとぼくは思う。「山伏の時これを作る」とあるところから、山伏となって流浪して歩いているころの作品であろうと見る人があるかも知れないが、南九州地方は修験道の信仰のさかんなところで、この地方では山伏は武士なのだ。自分の家にいて山伏していたとぼくは考えたい。おそらくこれは生活のためではなく、信仰のためであろう。なにわざによらず、技倆の上達のために神仏を信仰するのは、この時代には普通のことである。

「天正十四年八月日」ときざんだ脇差がある。差表《さしおもて》に「大悲多聞天」と文字を彫り、差《さし》裏《うら》に大黒天の像を彫刻してある。銘は「日州古屋住国広作」とある。これは専門家によって、国広の日州打ちとて、日向で作ったものときわめがついている。

石田三成に招かれて、江州佐和山にいて作刀した期間があるという。三成は天正十五年の島津征伐の直後、秀吉の命令によって南九州にとどまり、薩・隅・日三国の検地をしているから、このころ国広は三成に知られたのであろう。この時まで生れ在所にいて、この時はじめて在所をはなれたのであろう。とすれば、彼が佐和山で鍛刀したのは、天正十六七年ごろであろう。

『新版日本刀講座』によると、彼は天正十七年に関東に下り、翌十八年に下野の足利学校で、足利の城主長尾顕長のために作刀している。十九年には京都で作刀している。その製作年月をきざんだ刀がのこっているのである。旅から旅に流浪している感じであるが、生活苦はなかったはずだ。しっかりした技倆があるのだ、清麿のように怠けているならしかたはないが、普通に働いているかぎり窮迫するはずはない。

天正十九年の翌年は文禄元年（一五九二）だ。この時から慶長三年までの七年間は、朝鮮役の期間である。佐藤寒山博士はその著『武将と名刀』の中で、文禄四年から慶長四年に至る四年間の彼の消息は不明で、記録も作刀も現存していないと書いておられるが、朝鮮役の間は朝鮮に行っていたのではないかと、ぼくは推察している。（これは証拠があがった。この文章を読売新聞に掲載したところ、国広の作刀の中心《なかご》の銘をすり出して送ってくれた読者があった。それには「朝鮮釜山海鍛之　国広」とあった）

彼の旧主家である伊東氏は文禄元年三月に出兵しており、石田は朝鮮派遣軍総目付的のものとして七月十六日に京城に到着している。石田は翌年の五月には朝鮮から引上げているが、伊東家は最後まで朝鮮にとどまっている。国広が伊東家に従軍して朝鮮に行っていたとすれば、彼もまた忠吉と同様に、寒地における日本刀の欠陥を見て来たはずである。

慶長四年から、京の一条堀川に住んで、さかんに作刀し、優秀な弟子らもまた養成した。

慶長十九年に死んだが、非常な長命で、九十に近かったらしい。

国広の弟子には名工が多いが、中にも国路、国貞、国助らが有名である。

国貞は国広と同じく伊東氏の家臣の家の出身であり、その弟子で養子が井上真改《しんかい》である。真改は国広・国貞と同じく伊東家の家来筋で、大坂に来て国貞に弟子入りし、養子となって、はじめは国貞を名のったが、後に真改と改めた。大坂正宗とあだ名されたほどの名工であったことは、周知のことである。

助広・康継

堀川国広の弟子国助の弟子、初世助広は本名は弥兵衛、播州飾磨《しかま》近くの津田村の刀鍛冶であったが、刀つくりだけでは食えないので、鉈《なた》、鎌、鍬《くわ》、鋤《すき》等の農具もつくって、やっと口を糊していた。

あまり貧乏なので、一日、「こんなに貧乏するくらいやったら、同じこっちゃ、大坂に行って、いい師匠について、飢え死にする覚悟で一生懸命修業しよう。ええ刀鍛冶になれんもんでもなかろ」と、志をおこして、大坂に出、初代国助に弟子入りして、一心に稽古にはげみ、ついに名工となった。その後も、みなりなどさらにかまわず、ぼろぼろの着物で、一筋に打ちこんだので「そぼろ助広」の異名がついたという。

二代目助広は本名甚之丞、初代の弟子となり、やがて養子となり、越前守を受領した。この人の銘には楷書体のものと草書体のものとがあり、前者を角津田、後者を丸津田といっている。丸津田は晩年のもので、この方が珍重されている。

この人は濤瀾《とうらん》と呼ばれている刃紋をこしらえ出した。緻密で細やかな地肌に真っ白な刃紋が波形に、におい深くふっくらと浮いているところ、陽春四月のうららかな空に出ている雲を見るような美しさである。見ていると、うっとりするような華麗さがある。

この助広の弟子で、妹聟になったのが、近江守助直である。

講談やなにわ節の『赤穂義士外伝』にこういうのがある。義士の一人潮田又之丞は、貧困で粗悪な刀しか持っていなかったので、ある時、大野九郎兵衛にさんざんにはずかしめられた。

潮田の下僕直助はこれをいきどおり、大坂に脱走して、二代助広の弟子となって必死の修業してなかなかの名工となり、ついにその養子となり、「津田近江守助直」となり赤穂にかえり、自分の会心の作を潮田に贈り、見事に大野を見返させたという話。

これはもちろんフィクションである。潮田又之丞は赤穂浅野家では微禄の身分ではない。絵図奉行二百石であったことが、『浅野内匠頭《たくみのかみ》分限牒』で明瞭だ。また、助直は近江の高木の人である。ここは昔からの刀鍛冶村で、古刀時代には高木貞宗（有名な貞宗と同一人であるかどうかよくわからない）という名工まで出ているところだ。赤穂なぞに行って中間奉公していた可能性はほとんどない。

この話は、江戸末期の漢学者林鶴梁《はやしかくりよう》が『刀工助直伝』として漢文で書いて、その文章は以前中学校で漢文を教えたころには教科書にも採録されていた。ぼくも読まされた覚えがある。こんなことから、世間で信用するようになったのだが、実はまず講談として出来上り、それを鶴梁先生が漢文化したにすぎないのである。講談のままなら信用しないが、漢文化されると信用するのだから、日本のインテリは昔も妙な迷信があった。

南蛮鉄を材料にまぜて鍛刀するのは、新刀時代になると普通のことであったが、実用に適して、しかも見た目も美しく作り上げることはずいぶんむずかしく、それぞれ皆苦心があったようである。前に書いたように、虎徹などは南蛮鉄をつかわず、古い時代の屑鉄をおろし鉄《がね》の法でとかして一塊の鉄として材料にしている。

ところが、ここに「以南蛮鉄作之」と、堂々と銘に切る刀工が出て来た。康継である。

彼においては、南蛮鉄をまぜるのではなく、全部それでやるのだ。

「南蛮鉄で作ったって、おれはこれほどのものを作り上げるのだぞ」

という自信からなのであろう。それほどの名工でもあった。

康継はもと近江の西坂本の生れで、本名は下坂《しもさか》市之丞。父は大和千手院派の刀工で広長。広長は大和から美濃の小山に移り、さらに江州西坂本に移って、鍛刀していた。下坂鍛冶といってここには刀工部落があったようである。

康継は下坂で刀工をしていたが、越前福井の松平（結城）家家老本多飛驒守にその技倆を愛せられ、招かれて福井に移住し、松平家のかかえ鍛冶になった。慶長初年であったという。

このころの彼の刀の銘は、肥後大掾を受領していて「肥後大掾藤原下坂」だ。名前があったはずであるが、それはわからない。康継というのは、この数年後からである。

康継の技倆はやがて大御所の家康の耳に達し、駿府に召されて作刀し、つづいて秀忠に江戸に召されて作刀した。

家康は大いに気に入って、「康」の字をあたえて、康継と名のらせ、また銘に葵の紋章を切ることをゆるした。だから、世間では「葵下坂」あるいは「御紋康継」というようになった。

以後は江戸にも邸地をあたえられ、江戸と福井に隔年に住むようになった。両方の抱え鍛冶というわけだ。

秀吉は刀好きで、多数の名刀を集めていたが、大坂落城の時、焼け身になるものが多かった。家康はこれを康継に命じて焙《ほう》じ直させたり、写しを作らせたりした。これは康継の勉強になることが一通りでなかったであろう。

変りものの刀工たち

ノーマルな人物ばかりがつづいたから、しばらく変りものの刀匠らのことを書いてみよう。

井上真改の弟子で土肥真了というのがいた。代々の刀工の家の出身だ。父は正則といって、はじめ肥前佐賀に住み、後に同国平戸に移った。真了は本名を作左衛門正重という。真改の評判を聞いて、大坂に出て弟子入りし、数年一心に稽古してなかなかの腕となり、天和年中(一六八一—八四)に平戸に帰った。作品は手丈夫で、よく斬れ、武用刀として申し分がない。大いに松浦家の家中によろこばれたが、本人はずいぶんかわった性質である。わがままで、直情径行で、しかも瓢々として名利の念がない。

彼の名は中央でも高いので、藩では彼を士分に取立てようということになり、そう申し渡したが、彼はさらにうれしそうな顔もせず、

「鍛治にはいらんことですたい。まあ、やめときまっしょ」

と、ことわってしまったので、家老をはじめ、家中おどろいたという。

こんなこともあったという。平戸は昔は貿易港として栄えた土地だが、島原の乱の直後から貿易港たることを停止されたので、平戸藩の財政の利は激減した。その時から真了のころまで五十年近くも経っているが、財政苦がますます進んで来たのか、あるいはこの時代は武家の貧乏のはじまるころであるから、松浦家もそうだったのか、藩の用度全般にわたって引きしめられた。そのために藩からも、家中の武士らからも、刀の注文が激減した。真了は藩庁に、

「このごろのご簡略のご政道によって、刀御用のお申し付けがごく少なくなりまして、てまえ共生活《たつき》が立ちかねます。よって、ただ今より駆落ちつかまつります」

と、届書きを出し、家をたたんでしまった。

しかし、他国に立去ったのではなく、平戸領内の知るべの家をめぐり歩いて、のんびりと酒などのんでいる。

「不届きなやつめが！　お家をないがしろにしとるばい」

と立腹する者が多かったが、家老らは、

「やつは気ちがいばい。捨てとけ」

と、少しもとがめなかったという。

また、こんなこともあったという。

彼は実子がなかったのか、あっても鍛冶としての天分がなかったのでそうしたのか、弟子の作之丞というのを養子にした。これが後に二代目真了となるのだが、そのはるか以前のことだ、どういうかげんか、真了はこの養子が気に入らぬゆえ、離縁すると言い出した。

「なにが気に入らんのじゃ」

と、親類や知合いが聞いても、

「わけはなかばってん、気に入らんとばい」

と言うだけだ。なだめたが、きくものではない。ついに縁を切ることになり、人々を招待して別れの宴を張った。その席で、真了は飯櫃《めしびつ》としゃもじをもって、作之丞の前にすわり、自ら飯の給仕をして、

「今日から他人になるとばい。うんと食え」

といって、いくらでも給仕する。もう十分でござすといっても、うんにゃア食え、もっと食えと、強いに強いて食わせた。やがて、言う。

「どうじゃ。満足したか」

「はい、十分にいただきました」

「気に入ったばい。それでは、こりからまた父子《おやこ》になろうたい」

と、きげんよく言って、復縁した。居合わせた人々は、あきれるばかりであったという。

江戸初期に、繁慶という刀工がいる。康継と時代を同じくして少しおくれ、虎徹よりは古い。シゲヨシと読むのが本当であろうが、昔からハンケイと音読しならわしている。三河設楽《しだら》郡野田の生れで、本名は小野善四郎といった。江戸に出て来て鉄砲鍛冶となっていた。鉄砲鍛冶としての名は「清堯《きよたけ》」であったという。やがて、師伝はわからないが、刀造りもはじめて、なかなか上手になった。

間もなく、駿府に移り、ここでも鉄砲と刀をつくっていた。当時は家康がここに隠居していて、前に書いた康継や、大和の手掻派の刀匠文珠九郎三郎包国《かねくに》(後の南紀重国)などを呼んで、さかんに刀を作らせているころだ。繁慶が刀もよく打つというわさを聞いて、召して、二人の先手(向うづち)を命じた。

二人が繁慶の技倆をみとめ、家康に推薦したので、家康は繁慶に毎年炭千俵をくれることにして、刀作りに精進するように命じた。大いに稽古したのであろう、技倆大いに進んだ。

やがて家康が死んだからであろう、江戸にかえり、鉄砲町(一説武蔵八王子)に居を定めて、もっぱら刀を打った。

彼は天満宮を深く信仰して、

「天満大自在天の霊告によって、無双の秘事を授かった。今はもう天下にわしの右に出るものはない」

と高言して、天下一の名工をもって自任していた。実際、なかなか見事な刀を作ったのだ。

うわさが秀忠将軍の耳に達した。秀忠は彼の作刀を取りよせてみると、すばらしい出来ばえだ。そこで、ある日、本阿弥にそれを見せた。

本阿弥は一見して言った。

「これは相州正宗でございます」

「はずれたわ。これはしかじかのものの作だ」

と、秀忠は笑った。本阿弥はおどろいて、中心《なかご》の銘を見て、

「恥かしいことでございます。しかしながら、今の世にこれほどの刀を打つものがあろうとは思いもかけないことでございました。ああ、不思議」

と、感嘆した。

このことが繁慶に伝えられると、繁慶はよろこぶどころか、

「さても無念なことかな。おれが刀が正宗しきの凡工のものと見あやまられたとは」

と、いまいましげに言ったという。

自信のほどもおどろくべきだが、その最期もかわっている。吉原に遊興に行っての帰途、辻斬りにあって殺されたというのである。

大村加卜《かぼく》がまた大へんな変りものだ。江戸初期の刀工だ。駿河国有度《うど》郡下川原村、今は静岡市内になっているが、少し前まで安倍郡長田村手越原《たごしはら》といったあたりの、百姓森助右衛門の次男で、母方の名字をついで大村と称した。名字のある百姓であるから、名主クラスの百姓であったろう。

百姓の生れながら武張った男で、武士になる志を立てたが、江戸時代もこのころになると、百姓からはなかなかむずかしい。そこで、医術を修めて外科医となり、越後高田の松平光長に召しかかえられ、加卜と号した。大村の大の字に「ー」を加えれば「木」になる。村の字に「、」を加えれば「林」になる。二字を合すれば本姓の「森」の字になるというところから、この号にしたのだという。

『越後分限牒』によれば、彼の禄は三百石であったというから、なかなかの優遇である。外科医としても卓抜だったのであろう。

彼には『剣工秘宝』という著述がある。それによると、彼は正保元年（一六四四）三月ごろから作刀をはじめ、貞享元年まで四十一年つづけたという。彼の生年はよくわからないのだが、故成瀬関次氏の考証によると、寛永六年生れらしいという。はたしてそうなら、正保元年は数え年十六の時である。とすれば、外科医の修業をはじめる前、恐らくは生れ在所にいるころから鍛冶の稽古をしていたのであろう。

もちろん、外科医として越後家につかえているころも、作刀している。もっとも、彼は生涯を通じて百腰くらいしか作っていないと自ら書いている。おれは武士だから一文も代金はもらっていないとも書いている。

加卜は鎌倉時代の名工助真《すけざね》の書きのこした古い時代の作刀法の書を得て、平安朝初期の名工伯耆《ほうき》安綱の秘法を全部会得したと称している。とりわけ「真の十五枚甲伏《かぶせ》の法」というのを珍重し、それによって作刀した。古法によって作ったと自称するほどあって、その作品は古い時代の古刀そっくりで、切れ味また鋭く、折れず曲らず、生きた牛の首が一太刀で斬りおとせたというし、早乙女作の筋甲《すじかぶと》を真二つに斬りわることが出来たという。

延宝九年（天和元年＝一六八一）に、越後松平家は取りつぶしになった。家中に家老の小栗美作《みまさか》排斥のお家騒動がおこり、家事不取締りというので、取りつぶされたのだ。加卜は浪人となった。

彼は自分の打った刀に絶大な自信をもち、これを差している者は、悪事災難が避けて通ると信じ、そう高言していた。

その一例

この騒動の間、越後家の当主光長の世子綱国の家老、安藤九郎右衛門は、かねて彼に大小を打ってもらっていたが、彼の高言を思い出し、にわかにこしらえをつけて差していた。安藤は美作党からも、その反対党からもにくまれていたが、無事であったのは、おれが作った刀の霊力によると、安藤が自分に言ったと、加卜は『剣工秘宝』に書きのこしている。

その二例

安藤は幕府の要人からも、光長からも憎まれ、殺そうということになり、綱国も一時それに同意したが、急に綱国の思案がかわって、逃がしてくれた。

これは何故ぞや、予が打ちたる太刀の奇特かと、たしかに予は存ずるなり

と、加卜は書きのこしている。

その三例

この騒動によって、光長は伊予松山の松平家に預けられることになって、江戸を立って西に向った。加卜は見送りのため大森まで行き、行列の来かかった時、大音に、

「大村加卜、お見送りのためにこれまで参りたり」

と呼ばわった。供まわりの黒田彦四郎という者が、これをとりついで、

「大村加卜、これまでまいっています。お駕籠しばらく」

と言ってくれた。加卜も、

「お駕籠しばらく」

と声をかけた。光長は駕中から、

「乗り物とめよ」

と言い、駕籠がかきすえられ、戸があいた。

加卜は駕籠近くまでよって、ゆるゆると暇ごいを言上した。これについても、

かくの如くなるに、何の難もあらざるは、これ予が打ちたる太刀の光と観念して帰りける。その以後、いづ方よりも何のおとがめなきは、冥利よく天道のおかげ、また予が打ちたる刀の光と存ずるなり

と記述している。滑稽なほどの自信である。

その四例

予が作は名将のよき差料なるべし。兵者にあづくる時はならぶ太刀あるべからず。また信心をなさば霊妙不思議多かるべし

とも記述している。前にしるしたところが、その霊妙不思議の実証という次第だ。

彼は四年ほど浪人している。江戸の鉄砲町にいて、刀工と外科医を営んだようであるが『刀剣秘宝』に、

予、夏四月の頃、人を切りたるに、人の油、落せども落ちず。藁のアクそのほか種々のアクをもって落せども落ちずして、鞘のうちことのほか臭ふ。これによって研ぎ直したり

と記述してあるのは、このころのことであろうか。とすれば、相当すさんでいたのであろう。

貞享二年正月に、水戸家に召しかかえられた。光圀はさっそく、刀二腰の鍛造を命じた。加卜は水戸領内の利員村《としかずむら》鏡徳寺に鍛冶場をかまえて鍛造にかかったが、その時は住持の宥浄が護摩を修したという。

「加卜は大原真守、山内助真の亜流である。鍛練精巧、奇風純霊、真に古刀のごとくである」と、水戸家の記録に出ている由である。

水戸家では、彼に水戸の下市十軒町に邸地をあたえた。

助　真

大村加卜は元禄十年（一六九七）、六十九の時、非業の死をとげているが、これについては両説ある。

一説では、彼は行状はなはだ不検束で、夏冬とも裸のまま門外に出て、人目もかまわず放尿し、大便し、また日常のふるまいが傲岸不遜で、家中の人々を眼下に見くだし、路上で目上の人にあっても礼を欠くことがしばしばで、家中の人々の反感を買い、ついにある夜、外出の途上、家中の若侍らに襲われ、斬合いの末、三人までは討ちとめたが、自分も右の腕を斬りおとされたので、

「このように不具の身となり、しかも刀工にとって最も大事な右手を失った以上、もはや生きているもせんがない」

とて、帰宅して切腹したというのである。

一説では、水戸家を浪人して奥州に行っていたが、ある夜裸のまま外に出、溝に向って放尿している時、彼にうらみをふくむ者が忍びよって斬りつけた。彼は左の手で受けて、斬り落された。彼はその斬り落された手を右手につかんで、敵の口にさしこみ、力まかせにおしこんで窒息死させたが、片手を失ってはもう鍛冶は出来ぬと、自殺したと

いう。

加卜がその古写本を手に入れたという助真は、元来は備前福岡の刀工一文字助房の子で、文永五年（一二六八）に鎌倉に下り、山内に住んで鍛刀していた。加卜はこのことをこう書いている。時の将軍惟康王は、助真を召して、

「そちは真の十五枚甲伏《かぶせ》の法と言うによって、刀を打っているということであるが、その法の利点についてくわしく聞きたい」

と尋ねた。助真はこの法を説明した後、

「これを私は伯耆安綱から代々伝承していますが、久しくこれを使いませんでした。しかし、今名君の世となったので、使って作刀しています。ただ今のようなお尋ねをこうむりますのは、この法による作刀の霊感するところと、名誉しごくに存じます。そもそも私のこの法による刀を差す時は、案内知らぬ深山にはいっても迷うことなく、里に出たいと思う時には自然に出ることが出来ます。暗夜を行って迷わず、暴風にあっても溺没の難なく、祈れば必ず風波が静まります。たたかいにおいて折れず曲らず、たとえ岩石に斬りつけても損ぜざること申すにおよばず」

と答えた。

将軍は、それはそちの刀にかぎらない、だれの作でも名刀ならばそうであると思うが

いかにと、反問した。助真はまた答える。

「世間の太刀にはいのちがありません。かたわなのでございます。何の霊妙な働きがありましょう。私の太刀はかようにして鍛えます上に、四十八の梵字を焼きこめますゆえ、いのちあり、従って霊妙な働きがあるのです」

将軍は感心し、太刀を打って献上するように命じた。

この時代、大進坊という名工が山内にいた。行光・正宗・貞宗らの近い一族である。助真が将軍に言った説をもれ聞き、立腹した。

「わしは真言の僧だが、助真の言うがごとき霊妙な秘法のあることは知らんぞ。しかし、やつのその秘法の太刀も、わが一門の刀で切り折ることが出来るわ」

助真またこれを聞いて怒る。

「うぬらが一門の刀はすべてなまくらなり。それをもって惣身《そうしん》を武装していようと、われらが真の十五枚甲伏の刀をもってすれば、おがらのごとく切り折り、うぬらが首をはねんこと、案のうちなり。大進坊に与力する山内の僧徒ども、一々斬り捨てくれん」

気のあらい時代あでる。大進坊与力の僧ら三百余人、どっとおめいて助真方に押し寄せて来た。助真方にはその子四人、弟子ら十四五人がいて、激戦がはじまった。僧徒らの方では大進坊が斬られて死んだのをはじめとして、手負い死人四五十人もあり、助真方では助真と子供一人だけが、重傷ながら息がつづいているだけで、あとは全部討死した。

しかし、大進坊方の刀は、大進坊作も、行光作も、正宗作も、貞宗作も、曲ったり、折れたりであったが、助真方の作は一ふりもそれがなく、刃こぼれさえ少なかった。

検使が立向い、助真を尋問した。助真は、

「先方の刀は全部五枚の握伏《にぎりぶせ》なり、わが真の十五枚甲伏の刀に敵せなんだは道理なり」

と言って、息たえた。その子もつづいて死んだ。これを鎌倉の小路いくさといううんぬん。

助真信仰の加卜の書いたものだから、そのままでは信用出来ないことは言うまでもないが、助真が鎌倉で作刀上の議論から非業にして死んだことは事実である。

宮入昭平

言うまでもなく、刀は武器である。だから、丈夫で、よく切れさえすれば、用途としては十分である。しかし、日本人は、丈夫で、切れて、その上最も美しいものにこしらえ上げた。これは刀工だけの力ではない。日本人の好みが刀工にその努力をさせたのである。かくて、日本刀は世界に類例のないものとなった。

名剣の話は他の国々にもある。西洋にもある。中国にもある。干将《かんしょう》・莫耶《ばくや》・竜泉・太《たい》阿《あ》・湛盧《たんろ》・盤郢《ばんえい》・魚腸《ぎょちょう》などの中国の名剣の話は、日本人は昔から耳馴れている。これらの剣は時代から考えて、鉄剣ではなく、青銅剣であったに相違ない。とすれば、切れ味がそうすぐれていたろうと思われない。もちろん、青銅剣としてはすぐれていたろうが。では美の点ではどうであったろう。

一昨年（昭和四十八年）、中国政府の好意で、中国の出土品展覧会が、上野の美術館であったが、それに越王勾践作の剣というのが出ていた。ぼくは青銅剣は金銀珠玉をもってした装飾や彫刻などによって、当時の人には美しく感ぜられもし、従って名剣の名も得たのであろうから、今日の人の目から見ればグロテスクで、決して美しくは感ぜられないだろうと思っていたのだが、その剣を見て決してそうでないことを知った。それは刀身そのものがえもいわれず美しかった。いかなる技術によってそうなったのか、刀身の全面に市松模様に似た端正な文様が浮き出していて、凝視していると、恍然として自失する思いすらした。

ぼくだけがそうだったのではなく、貝塚茂樹博士なども感嘆しておられた。ぼくは青銅剣でも、史書に名剣として記録されているものは、きっと皆こんなに美しいのだろうと思わざるを得なかった。しかし、銅剣一般がこんなに美しかろうとは思えない。一般の銅剣は美しくも何ともない、単なる武器であったろう。もし美しいとすれば、ごてごてとした飾りにあったろう。（展覧会で見た銅剣が勾践作となっているのは、後述の

「長次郎」における利休と楽ノ長次郎との関係、古田織部とその指示によって作陶した工人等との関係でわかろう。意匠を示して注文して作らせれば、それは注文主の作品ということになったのであろう。今日とは工人等の意識が違うのである）

それはさておき、日本刀の美しさは付属した飾りにはない。彫刻の美しさはもちろんあるが、日本刀の真の美しさを目的にする場合には、彫刻は邪魔である。その美しさは、刀そのものの美しさなのである。

このようなものであるので、日本刀が実用をはなれた今日でも、日本人には貴重される。だから、現代でも、七八十人の刀工がいて、精根うちこんで作り、なかなかりっぱなものを作り出しているのである。

そこで、現代の刀匠の代表者として、宮入昭平の略伝を書くことにする。宮入は昭和三十八年に、俗に言う人間国宝――重要無形文化財の指定を受けている刀匠である。

昭平は長野県埴科《はにしな》郡坂城《さかき》町に生れた。山浦清麿の生れ在所から千曲川沿いに二十五六キロ下った右岸の土地である。戦国時代、村上義清が武田信玄に追われて越後に奔《はし》るまで、ここにその居城があったといわれている。

代々の鍛冶の家である。祖父の宮入小左衛門は江戸へ出て刀鍛冶をしていたが、維新に際会し、江戸がほろんだので、村にかえって来て、農具鍛冶になった。元来が刀鍛冶だから、その作った鎌、鉈、鍬等いずれもすぐれていて、評判がよかった。その子の豊吉も家業をついで鍛冶になったが、これは道楽もので、遊楽的なことや趣味的なことに心をうばわれ、本業には不熱心で、作ったものもよくなかった。

昭平は本名堅一、大正二年三月に生れた。天性鍛冶が好きだった。父親は教えてくれもせず、教える技倆もなかったが、見よう見まねと工夫で、鍛冶のわざを覚え、十七八のころには、その作品は近在の評判になり、したがって一家の生活の柱となった。そのころから、刀を作りたいと思うようになり、東京に修業に出たいと思いはじめた。たびたび頼んだが、家ではゆるさない。行ってもらっては、家の生活にさしつかえるのである。

さまざまないきさつがあった後、二年間という約束で東京に出たのが、昭和十二年正月、数え年二十五の時であった。

そのころ、東京では栗原彦三郎が日本刀鍛練伝習所というのを立てて主宰していた。栗原は元来は栃木県の地主で、日本刀が好きで、文献的研究からはいって鍛練法の研究もしていたが、刀匠ではない。その方の腕は知れたものであった。しかし、このころは代議士になっていて、一種の名士で、おとろえている日本刀の趣味を振興した点ではずいぶん功績のあった人である。

昭平は田舎にいて、栗原を当代の名工と思いこんで、前から手紙で入門を嘆願し、その許しをもらっていた。胸をおどらせて、真っすぐに赤坂氷川町に来た。ここに鍛錬伝習所があったのである。

　栗原彦三郎が刀匠ではなく、単なるディレッタントであったことは、入門の日に昭平にはわかった。失望して、そのころ大阪に月山貞一がいて、当代の名匠と言われていたので、いっそのことすぐ暇をとって大阪に行こうかと思ったが、

「一度ここにわらじをぬいだ以上、栗原彦三郎の弟子という名はついてまわる。これも縁だ。ここでやれるまでやってみよう」

と、思い返した。このような考え方をしたことは、昭平が鈍重なくらい堅実な性格であったことを語るものであろう。数え年二十五くらいの青年は、普通ならこんな風には考えないものである。これは田舎者によくある性格だ。昭平は田舎者のよさをフルに持っている人物のようである。

　栗原の家には兄弟子が二人いた。刀を鍛錬するのはこの二人で、栗原は二人の鍛えたものに焼きを入れるくらいのことしかしなかった。しかし、それが栗原の作った刀ということになるのだ。これは昔からあることである。ずっと昔、後鳥羽上皇が刀剣をお作りになったというのも、江戸時代に伊達綱宗がお家騒動で隠居させられた後退屈しのぎに刀を作ったというのも、維新少し前に水戸の烈公が刀を作ったというのも、全部の工程を自分がしたのではなく、最後の焼き入れだけをやったにすぎないのである。

昭平は農具鍛冶としては近在で評判になったほどの技倆を持っていたのだが、ここではははじめは小使のようなことしかさせられなかった。炭を切ったり、水くみをしたり、使い走りをしたりだ。栗原の日本刀を作るしごとは、栗原の道楽ではじめたことだ。昭和十二三年ごろは、昔の刀がこしらえつきで安く手にはいったから、新作の刀など需要もほとんどない。栗原夫人はあまり好意を持っていなかった。たとえば炭を買うにも、当時は一俵九十五銭だったというから、三四十俵まとめて買っても、三四十円のものだが、夫人はいい顔をしない。つらいので、兄弟子らは炭買いを昭平におしつける。夫人から金をもらって買いに行くのが大へんつらかったと、昭平は後年述懐している。

やがて半年ほどたつと、兄弟子たちの向う鎚を打たせてもらうことになり、次には火造りをやらされるようになった。長く打ちのばしたものを刀の形にして行く作業である。これらの作業は、本質において農具づくりと変りはない。腕に覚えがあるので、大いに興味が出て来て、熱心にやった。兄弟子らの留守の間には、そこらにある鉄屑をぼおっと赤めて鍛え、形をつくって楽しんだりした。

「私は一度も仕事がつらいと思ったことはない」と、後年『刀匠一代』という著書の中で書いている。

虎徹のくだりやその他で、「鉄《かね》煳《おろ》し」――つまり原料の鉄をとかして一塊の鉄とし、しだいにそれを精錬して行く作業のことを書いたが、この作業が刀作りでは最もむずかしく、生涯研究をつづけて行かなければならないものであるという。これは農具作りの場合もやるのであるが、刀の場合には比較にならないほどむずかしい。これに失敗して、兄弟子たちからいく度頭をなぐられたかわからなかった。

「お前はなまじ素人でないから、かえっていけないのだ」

と、ある時言われ、心魂に徹して、からだがふるえたと書いている。一番痛いところを突かれたとも書いている。都会育ちの疳《かん》の強い青年であれば、くやしがり、腹を立て、反抗的に出るところだが、彼は遅鈍なくらい重厚で、ばか正直なくらいすなおだ。ほんとにそうだと心の底から反省した。

またある時、

「お前は、二三年したら田舎に帰ってまた農具鍛冶になり、刀は時々道楽につくる考えのようだが、刀作りはそんな生やさしいものではない。そんな料簡なら、今すぐ田舎へかえれ」

と言われ、返すことばがなかった。

彼がずぶの素人に返った気になって、一からやり直したのは、この時からであったという。

両親に手紙で了解をもとめたところ、知合いの医者が迎えに来た。それに熱心に自分の決心を語り、かえって両親への説得を頼んだ。このために、やっと両親も納得してくれた。

栗原は刀剣に関する蔵書も多かったので、昭平はそれによって文献的研究をすることが出来た。またそのころ栗原は『日本刀及び日本趣味』という月刊の雑誌を出していたが、その原稿や校正刷りを印刷所に持って行くのが昭平の仕事だったので、電車の中でそれを読んだのも勉強になった。研屋や鞘師の家に使いに行くのも彼の仕事だったので、行く先で客筋から依託されている刀を見せてもらったが、それは実物についての勉強になった。そこの主人にいろいろ話を聞いたのはとりわけよい勉強になった。次から次に質問して時間の経つのを忘れて、一日中そこにすわりこんでしまうことがしばしばだったので、よく栗原や兄弟子にしかられたという。

昭平の熱心にほだされて、研屋や鞘師らは、

「お前、おそくなるとしかられるぞ」

といいながらも、時間を忘れていろいろと話してくれた。その人たちにしてみれば、打ちこんでいる昭平がかわいかったのであろう。

「おこられたらおこられた時のことです」

と、横着をかまえて、いろいろと話をねだった。

こういうところが、都会育ちのものにはないところだ。横着といえば横着だが、性根のすわったところだ。本来の目的に役に立つと見たら、徹底して追究してやまないので

ある。

当時、昭平が最も多く話を聞いたのは芝に住んでいた平井千葉、渋谷にいた平島七万《しま》三《ぞう》であった。二人とも研師で、平井は古刀、平島は新刀を得意としていた。四谷荒木町にいた研師中島宇一の家にも使いに行って話を聞いた。この人は清麿の研究家であった。清麿は後に昭平の理想像となるのだが、それはこの人によってひらかれたのである。

そのころ、彼は月五円の小づかいをもらっていたが、全部鮨を食ったり焼き鳥を食ったりして使い、たまの休みの日には遊就館や博物館に行って刀を見てすごした。女なんぞ少しもほしいとは思わなかったという。別段に努力してそうだったのではないともいっている。刀、刀、刀と、刀に明けくれる毎日であったのだ。刀にとりつかれていたと言えよう。しかし、こんな風に狂気になって打ち込む期間がなければ、技術というものは、何わざによらず神妙の域には至り得ないものである。

新作日本刀は、昭平が栗原に入門したころはほとんど需要がなかったが、そのうち戦争がはじまって、ぽつぽつと買い手が出て来、次第にそれは多くなった。このためであろう、十四年の正月、

「お前も一ふりやってみよ」

と、栗原に言われた。

昭平は喜び勇んでとりかかった。まず地鉄おろしをし、鍛えにかかったが、雑用が多

くて、専心にやれない。四五回鍛えたと思うと、どこそこへ使いに行って来いと言われる。

「こんなことでは、とうてい兄弟子たちに追いつけない。何か工夫する必要がある」

と思案して、ふと考えついたのは、地鉄のことだ。兄弟子らは玉鋼《たまはがね》だけで地鉄おろしをしているが、昭平は虎徹が古い鉄屑を怫《おろ》して地鉄にしていたことを、文献的研究で知っている。またそのころ麹町警察署の剣道教師が研究所に冑を二つ持って来て切って見せたが、その時、「地鉄のよい冑は絶対に切れない」と言ったことを覚えていた。

そこで、古い鉄屑を集め、それを玉鋼にまぜておろした。玉鋼だけでおろしたものとは全然ちがって、やわらかくて、ねばりの強いものが出来た。

「しめた」

兄弟子に先手を頼んではじめたところ、兄弟子は、

「こんな甘い鉄はものにならないぜ」

という。

「大丈夫です。きっとよいものが出来ます」

と言い張ってやまなかった。

兄弟子らは、そうまで言うならやるがよい、失敗したらあきらめもつくだろうと、手伝ってくれた。失敗にきまっていると兄弟子らは思いこんでいたが、出来上ったものを

見て、皆うなった。尊敬する研師の平島が形をなおしてくれて、一層見事になった。

この刀にはじめて昭平という銘を切った。栗原の鍛冶名が昭秀だったので、一字をもらったのである。彼は昭鬼としたかったのだが、栗原がそれは不吉であるというので昭平におちついたのである。

これを展覧会に出すと、いきなり総裁賞になった。最優秀賞である。

展覧会で最初の出品が総裁賞になったので、兄弟子らも一目おくようになり、栗原も大事にしてくれるようになったので、仕事は大いにしやすくなった。そのうち、兄弟子らが兵隊に取られたりなどして、昭和十五年ごろには、昭平が一番弟子になっていた。

しかし、その作品は展覧会に出品するもの以外は、皆栗原の銘を切り、栗原の作品として世に出された。彼はこのことについて、こう言っている。

「いわば下積みの仕事だったのですが、決してばからしいとか、くやしいとか思いませんでした。考えてみれば、この世界は昔からこうなんですよ。師匠や親方の陰にかくれて一生を終った人がどのくらいいたかわかりません。しかし、そういう人たちだって、銘がどうあろうと、自分の作った刀に大きな誇りと喜びとを感じて死んで行ったのです。決して無駄な一生だなんて言えませんよ」

彼は名を考えず、利を追わず、一筋にいい作品をと打ちこんでいたわけだが、このことにも、こう言っている。

「大体、私共の仕事は、突然ぱっと目のさめるようなすばらしい結果などあらわれはしません。しかし、どんな場合にも地鉄がよくなければよい刀が出来ないことはたしかです。それで、私は地鉄をこなしては焼きを入れ、研いで見、また地鉄をつくってみるということを、いろいろやりつづけました」

こんな地味な行き方をしていても、実あるものは必ずあらわれる。そのころ、帝室林野局長であった三矢宮松《みつや》、この人は庄内の出身で、刀剣界の大先達だ。現代の刀剣界の大御所である本間順治博士がこの道にはいったはじめは、三矢の指導によったと言われている。国文学者三矢重松博士の弟である。この人が、栗原に、

「知人の軍刀を頼みたいが、宮入にやらせてほしい」

と、はっきりと名ざしで頼んだのである。

昭和十七年に、仕事場を小田急沿線の座間《ざま》に移した。当時ここに陸軍士官学校があり、その敷地内に設けたのだ。もちろん、栗原の政治的手腕による。防空演習やなんぞがしげしげとあり、火の気を絶やすことの出来ないこの職業は、都内には不適当だったのである。

日本刀は重要な兵器とされていたので、作品は全部造兵廠へ納めていたが、十八年の四月になると、彼にも召集が来た。昭平ほどの名工を一兵卒として使うことの損失はだれが考えても明瞭であるが、日本の旧軍部はそんなことは一切おかまいなしであった。

軍は別世界であるというのを特権として、ずいぶんもったいない人間の使い方をしたのである。

昭平は赤羽の工兵隊に入隊した。彼は機敏な人間ではない。何ごとにも時間をかまわずじっくりとやって来た人間だ。しかし、軍隊は何でも短い時間にきちんきちんとやらなければならないところだ。まいった。なぐられてばかりいた。ビンタに明け、ビンタに暮れる生活であったと述懐している。

ある日のこと、中隊事務室まで来いという命令がとどいた。何を失敗したろう、またビンタだと、恐る恐る行った。事務室にはいると、下士官らが目を光らせてこちらを見ている。

軍曹の一人が立上って、

「宮入、お前は」

と言いながら近づいて来た。そらビンタだと、覚悟して目をつぶったが、ビンタは来ず、思いがけないやさしいことばが来た。

「お前、刀を作るそうじゃな」

「はい！」

「お前は刀作りの名人じゃそうじゃな」

「…………」

「ここに賞状が来ている」

入隊前に展覧会のために出品しておいたが、それが文部大臣賞となって、賞状が軍隊に送られて来たのであった。

彼の名は一時に軍隊内で高くなった。かえっていじめる下士官もいたが、兵器本部で軍刀係りをやっていた将校の石井昌国が知って、

「宮入を兵隊にしておくのはもったいない。召集解除して地方に帰し、刀を作らせた方がはるかにお国のためだ」

と、各方面を説いてまわり、ついに召集解除になった。その以前、彼の所属隊は千島列島のシュムシュ島の守備に向ったが、彼は解除が内定していたのだろう、のこされた。ところが、千島に向った隊は途中敵の魚雷のために、全員戦死したのである。

除隊になると、昭平は赤坂の栗原邸に帰ったが、すぐ造兵廠通いを命ぜられる。そのつもりで軍は除隊にしたのである。毎日工廠通いしている間に、栗原をはなれて一本立ちになる決心をした。同時に国に帰って国で仕事をするつもりになった。当時の東京は空襲こそまだなかったが、食糧は日にまし窮屈になり、防空演習の連続で、とうてい鍛冶などの仕事の出来るところではなかった。

幸いに造兵廠の陸軍指定工にもなれた。これになっておくと、命ぜられた数の刀さえ打てば、地鉄は国からくれ、炭は入手を世話してくれるのである。長野県に指定工の籍

をうつしてもらい、坂城に仕事場をつくった。一面の桑畑の中の仕事場であった。そばの竹藪には、春にはウグイスが来て鳴き、夏にはヨシキリが鳴き、秋にはモズが群をなして来た。物みな荒れはて、かわき切った東京にくらべては、仙境といってもよい。

蘇生の思いで、気持よく仕事にかかったが、納得の行くまでじっくりとやる彼には、ノルマの十五本か二十本がとうてい出来ない。長野県には他に指定工が二人いて、その人々はちゃんと数が出来るのだが、彼はせいぜい五本か六本しか出来ない。月に一回、東京に出て、作品を納入に行くのだが、いつもしかられてばかりいる。

「どうしてきめられた数が出来ないのだ」

「満足の出来る仕事をするとなれば、そんなには出来ません」

「なるほど、お前の仕事はよい。しかし、今はそんなことを言っている場合ではない。出来ないのをやるのが忠義だ。わかっているだろう」

「わかっています」

しかし、どうつとめても、せいぜい一本ぐらいしか余計には出来ない。

そのころは鉄は軍でくれ、炭は自分もちで、一本につき七十円の工賃をくれたが、出来ばえによって一本十円から百五十円までの奨励金がついた。彼の作品は出来がいいので、いつも一本につき三十円以上の奨励金をもらったが、数が出来ないので、いつも、

「名人のつくった刀はいらないのだ、切れさえすればよいのだ」

と、しかられた。

「こんどこそ、命じただけの数を持って来るのだぞ」

「はい」

と答えて帰るのだが、どうしても出来ないので、翌月はまた五本か六本持って行ってはしかられる。いやな毎月であった。

二十年の六月、また召集された。しかし、これは召集の名はあっても、刀を作らせるための召集であった。赤羽の十五部隊で、彼の作った刀がほしいので、造兵廠にまわさず自分らの部隊のものにするためであった。

入隊すると、すぐ中隊長が刀を作れという。

「兵器室でやってもらいたい。兵隊を全部使ってよいからお前の仕事のしやすいように改造してやれ」

二十年六月というと、戦争の末期だ。毎日のように空襲で、ぼかんぼかんと東京中がやられているさなかだ。それに、軍は妙なところで、昭平にこんな特別な仕事をやらせていながら、兵隊としての役目も課して、中隊の書類持出し係にしていた。いざ空襲となると、それもしなければならない。昼間は昼間で刀作りだ。疲労こんぱい、ともすれば居眠りが出る。

「これでは仕事が出来ません」

「なんとかならんか」

「私は空襲を受けては刀が作れないから田舎に帰ったのです。それをこんな空襲下にさらしものにしておいて、やれといったって、出来るわけがありません。刀を作るのは、そんななまやさしいものではありません」

「なまやさしいとはなんだ！」

と、軍曹はにらみつけたが、言うだけのことは言わなければならない。

「刀作りには精神の統一が絶対に必要です。ここでは気が落ちつきません」

「わかった。そんならどうすればよい」

「家へ帰して下さい。そしたら出来ます」

「家に帰ればきっと刀が作れるな」

「作れます」

これで、間もなく、召集兵のまま坂城の家に帰れることになって、家の仕事場に「東部十五部隊坂城作業所」という看板をかけ、兵隊五人を相手に仕事をはじめた。この兵隊らは部隊からつかわしたのである。

軍の作業所ということになった自分の鍛冶場で、昭平は実用的な軍刀を数打ちしていたが、間もなく終戦になった。刀は作るどころか、所持することも禁止された。全国的な食糧危機の時代にもなった。

思案の末、蓼科《たてしな》の山間部にはいって開墾しながら、そっと刀を作ることにして終戦の年の十一月、山にはいった。どんな時代になっても、刀を作りたかったのである。

四町歩ほどの松林を払い下げてもらい、鉈や鎌をつくっては近所の百姓と食糧の交換をしながらいのちをつないで、開墾にかかったのだが、食うのがやっとで、とうてい刀など作る余裕はない。あきらめて坂城にかえって鍛冶専門になったが、そのころはよくMPが研師や刀鍛冶の家にジープを乗りつけては取調べたので、県では刀を作っていたような様子を見せてはこまると、釘をさした。しかし、こうなると、かえって作りたくなる。とうとう、小さいものならわかるまいと、一本作ったところ、たちまち知れて、刑事が来て、

「お前刀を作っているという評判だが、それが事実で、米軍に知れたら、沖縄行きだぞ」

と、おどかされた。

こりて、その刀はすぐつぶしたが、それからは自動車の音がすると、はっとおびえた。

このころ結婚した。妻などほしくはなかったが、弟や妹はすでに結婚しており、両親は年を取っているのに、あととりが独身ではこまるというのであった。彼は刀さえ作っていれば、何の欲望もない人間だが、刀がつくれないとあっては、結婚でもするよりほかはなかったのであろう。

二十五年になって、伊勢神宮の遷宮式が行われた。昔からの儀式で、神宮へ六十二口《ふり》の宝剣をおさめなければならない。占領軍の特別の許可があって、日本美術刀剣保存協会から、刀工十人をえらんで鍛練させることになって、昭平もその選にはいった。天下晴れて刀を作れるのだ。うれしかった。刀の形は青写真と木型で示された。神代以来の直刀。材料は玉鋼、肌は柾目《まさめ》また小板目、刃文は直刃、帽子は焼きつめという規定。

彼は七口おさめた。久しぶりのことで、カンを呼びかえすのに大へん苦しんだ。

二十六年に講和会議があって独立国ということにはなったが、文化財保護委員会の許可がありさえすれば刀を作ってよいということになったのは、二十八年からであった。その年の秋、美術刀剣保存協会で作刀技術発表会をひらくからと出品を勧誘して来た。神宮の宝刀を鍛えてカンを取りもどし、むずむずしているところであったので、よろこんで承諾した。うれしくて一週間も眠れないくらい興奮した。構想を練って、清麿風の刀を作ったが、おろし鉄にずいぶん苦心した。

これが伊予松山の高橋貞次の作とともに特賞となった。以後の展覧会にも二回、三回と特賞になった。名前も上ったが、彼にとってよろこびは、こうして出品するにつれて、技術がすっかり手に入って来たことであった。

ものを作るものはだれでもそうだが、長くその道でやっているものには、何となく腕に覚えというものが出て来る。しかし、それはきわめて不安定なもので、時にはうまく出て来ないこともある。偶然の占める分野が広いのである。修練とは、欲するに従って自由自在に腕の覚えが出て来るようにし、偶然の占める分野をなるべく狭くし、出来るなら皆無にすることである。昭平はだんだんそうなって来たのである。

「こういう仕事はひょいと傑作が生れるというもんじゃない。なんといっても修練の積み重ねですよ」

と、言っている。

三十八年に重要無形文化財に指定された。

「年に四十万とか三十五万とか補助金がもらえるそうですから、砂鉄の自家製鋼をやりたい。今までも利根川や備前から砂鉄を送ってもらってやっていたのですが、とても自分の力ではやれませんので、現在では普通の玉鋼を使っているのですからね」

刀には原料になる鋼の良否が最も重要であることを、彼は骨身に徹して知っている。

「文化財に指定されてから、あっちこっち引っぱり出されるのは困ります。どうかそっとしておいて仕事をさせていただきたい」

とも言っている。名工というものは、昔も今も、そして何わざに限らず、よく似ている。一筋に打ちこんでいるのである。

陶工

藤四郎

刀匠伝でも、参考書らしい参考書がなく、わからないことだらけでこまったが、陶工伝にかかって、一層困惑している。工芸美術として陶磁器を鑑賞することは、古来盛んで、現代では最も盛んで、その美しさや、特徴や、鑑定にあたっての見所等に関する書物は多数あるが、作者の伝記に関するものは実に少ない。刀匠伝と同じである。今さらのように昔の職人の社会的位置について考えさせられた。名誉慾も、物質慾もなく、せいぜい親方や保護者からほめられるくらいのことをよろこびとして、自分の仕事を愛し、打ちこんでいたにちがいない。尊いことである。今日の芸術家意識より純粋であると思わずにいられなかった。

泣き言をならべてもはじまらない。こんなものでも書いておけば、いくらかは後の人がまとめやすくなるだろうと思うから、あちらこちらからひろい集めたものを材料にして、書くことにする。

俗に陶器のことを瀬戸物といい、磁器のことを唐津物といっている。あるいは東日本では陶磁器を瀬戸物といい、西日本では唐津物という。

そこで、瀬戸に行ってみた。愛知県瀬戸市、昔は尾張国東春日井郡瀬戸村、その前は山田郡といった。ここで陶祖とあがめているのが藤四郎――加藤四郎左衛門景正である。この人の伝記は広く世に流布しているが、書いて別段おもしろいことはないので、現地に行ってみたら何かがあるかも知れないと思って、二月下旬、出かけたわけだ。

瀬戸市は町ぐるみの窯業の町だ。町の中央を流れる瀬戸川は陶土に白くにごり、町の至るところに窯場の煙突がある。活気にあふれていかにもさわやかであった。年産二百億もあり、その少なからぬ部分の市場が海外にあるというのだから、そのはずである。

市街に隣接して、深川神社があり、それに隣り合って陶彦神社があり、その先の公園（藤四郎山）に藤四郎の頌徳碑《しょうとくひ》がある。陶製の六角柱である。正面に「陶祖春慶翁之碑」とあって、次の行から六面に碑文がきざまれている。漢文七百字の文章である。「慶応二年丙寅二月　阿部伯孝撰」と末尾にある。

伝記になっているようなので、読んでみた。

陶祖は姓は藤原、名は景正、加藤四郎左衛門と称した。別号春慶。俊慶といったとの説もある。後世追称して陶祖というのである。

祖父は橘知貞、大和の諸輪庄道陰村の人である。知貞の子が元安、その子が陶祖である。元安は罪があって、備前の松等尾《まつらお》に流された。陶祖の母は姓は平氏、山城深草の人である。

陶祖は幼時から土をこねることが好きで、よく土器を作ったが、日本の土器が中国のものにおよばないのを残念がり、中国に修業に行きたいと思っていた。成人して、大納言久我通親につかえて、五位の諸大夫に叙せられた。この縁で、通親の二男道元禅師が入宋する時、随従して行った。時に南宋の嘉定十六年（日本の貞応二年＝一二二三）であった。およそ六年留まって帰国し、肥後の川尻についたが、船中中国から持って来た土で小壺三つをつくって、幕府の執権北条時頼と道元とに呈上した。これらの壺は後世伝えて奇宝として珍重された。

帰国した時二十六であった。父を備前松等尾の謫所に訪《と》うて慰めたが、ついにそこにとどまって陶器つくりをはじめた。やがて母を深草にたずね、侍して奉養した。

母の死後、京畿とその附近の国々で陶器つくりをこころみ、やがてこの尾州の知多・愛知両郡でもこころみた。いずれも土質がよくない。やがて山田郡瀬戸村の祖母《うば》ヶ懐《ふところ》を発見した。

〝ここは土地高爽で南面し、山高く水が清い。その上土質は中国から持ちかえって来たものと同じだ。最も製陶に適している〟

と、ここで製陶をはじめて、生涯移らなかった。（中略）

一体、このへんは良質な陶土のあるところだ。『日本後紀』『延喜式』『倭名抄』『朝野群載』等の王朝時代の書に、この時代この国はしばしば朝廷から土器献上を命ぜられていることが出ているが、それはこのあたりから出したものに相違ない。陶祖もこれらのことをよく知っていたのであろう。（後略）

通り一ぺんの伝記である。藤四郎が道元に従って中国に行ったことは昔から言われていることであり、最近の研究でも事実らしいということになっているが、ぼくの首をひねらせたのは、冒頭の藤四郎の素姓の部分である。おかしな文章だと思った。

陶祖碑文で、ぼくがまず不審に思ったのは「陶祖、姓は藤原、名は景正、加藤四郎左衛門と称す」と書き出していながら、何の説明もなく「父は橘元安という」とあることだ。父が橘氏なら子もそうであるはずではないか、不詮索なことを書いたものだと思ったのである。

しかし、この疑問は一応そのままにして、市の陶磁器センターに行って、陳列所をみせてもらった。古来のこの土地産の陶磁器が陳列されている。古瀬戸、黄瀬戸、織部、志野など、なかなかの眼福である。窯あとから発掘された破片も多数ある。ぼくは特に藤四郎時代――鎌倉中期のものを念を入れて見た。灰色の釉薬《ゆうやく》がかけられているというだけで、とり立てていうほどの技巧も美しさもない。

「藤四郎の作品はないのですか」

案内の商工観光課の人にたずねてみた。

「それはありません」

ぼくはこの時代の陶器は原始の域を脱しない素朴なものだったらしいと思った。陶工にも美意識はまだなかったのではないかとも思った。

その夜、瀬戸史料刊行会の滝本知二氏に会ったので、早速、たずねる。

「あの碑文の撰者、阿部伯孝とはどんな人ですか」

「尾張の藩儒です。なかなかの学者なんですが、あの碑文は誤りだらけのものです。藤四郎の碑文に源・平・藤・橘全部とりこんでいます。藤四郎のつかえた久我氏は村上源氏ですからね。あれは江戸時代の明和年間（一七六四―七二）に尾州藩士の内藤浅右衛門という人がその著書『張州雑志』に、信ぜられないが、こういう伝説もあるから、一応書きとめておくとことわって記録しておいたものを、阿部さんが漢文化したにすぎないのです」

と、笑って説明した。藤四郎の父の在所と言っている大和の諸輪庄道陰村なる土地は実在しない。備前松等尾は肥前松浦の誤りであるなどと、木ッぱみじんである。

氏は藤四郎の素姓をこう説く。

「承久の乱に後鳥羽上皇方にくみして、幕府から肥前に流された後藤基運という武士がいます。これが藤四郎の父だと、ぼくは見ています」

後藤がなぜ加藤になるか、くわしく聞かなかったが、一説として紹介しておく。

一体、加藤は伊勢・尾張・美濃地方に多い名字だ。加藤とは加賀の藤原氏の意味で、王朝時代の有名な武人藤原利仁が越前に住み、その子孫が加賀にひろがって加藤と名のったのがおこりである。その加藤氏が前記の三国に移ってひろがった。鎮西八郎為朝の首を大島で討取り、また源頼朝の最初の旗上げの時、山木判官兼隆を討取った加藤次景廉が美濃に来、その子孫がこの地方に蔓延したのだといわれている。この地方ではゆいしょある名字だ。後藤からいきなり加藤にかわるのはいぶかしいのである。

これは別にして、滝本氏の説くところは、なかなかおもしろかった。

「道元さんがその師匠の建仁寺の住職明全さんと一緒に入宋したのは、碑文にある通りの年です。承久の乱の二年後でした。伊勢の安濃津の商船に便乗して行ったのです。積み荷は椎茸《しいたけ》でした。同伴者が二人いました。廓然と亮照という坊さん。実はこの亮照が後に藤四郎になり、廓然は薬屋になるのです。木下道正といって、その子孫はこんどの大戦で企業統制になるまで薬屋をつづけ、神仏解毒万病丹という薬をつくって売っていたのです」

東京に帰って、道元の伝記を調べてみた。たしかに亮照・廓然の二僧が随従して入宋している。しかし、入宋後のことは全然記載がない。木下道正という人物のことはある。道元が江西方面に行った時、病気になり、医薬がなく困惑していると、日本の稲荷神があらわれ、丸薬を賜い、これを服してたちまち快癒した、この薬は道元の従者木下道正という者が家伝として製して売るようになったとあった。

藤四郎の在宋中のことは全然出て来ないが、彼が道元と深い関係のあったことは、明治時代に越前の永平寺の開山堂が火災にあった時、焼け跡の石棺の中から道元の骨壺が出たところ、その蓋の裏に、
加藤四郎左衛門尉景正謹作之
と銘があったことをもってもわかると、これは日本陶磁器協会編の『やきもの教室日本編』にある。

滝本氏は、藤四郎は仏前に供える総具しか作っていない、これも彼がもと僧籍にあった可能性が大きいと言っている。学者はこれだけでは納得しないだろうが、ぼくは大いに納得した。

滝本氏はまた言う。

「藤四郎は陶工としての技術はへたですよ」

ぼくはおどろいた。

「へたですか」

「へたです」

断乎たるものである。

昼間陶磁器センターで見た鎌倉時代の作品が思い出された。単に釉薬がかかっているというだけの灰色のもの。

「そんなら、藤四郎は釉薬をかけるという方法を中国から持って来たというに過ぎないのではありませんか」

おそるおそる言ったのだが、滝本氏は、

「その通りです。よく見ましたな」

と、ほめてくれた。種をあかせば上述の通りだ。あてずっぽうにすぎない。

陶祖藤四郎がへたではこまった。しかし、すぐ思いかえした。釉薬の製法、これをかける方法を習得して来たというだけでも、尊いことである、その後の発達はそこから芽立ったのだ。亭々として天を摩する巨大な樫の木も、もとはといえば小さな実一粒だ。一粒の種がなければ、それはははえはしない。

「そんなら、それまでは釉薬をかける方法は、ここにはなかったのでしょうか」

と、聞いてみた。

「いやいや、平安朝時代の初期にはあったのです。最も原始的な釉薬は土器を焼いている間に器物にかぶさってくる灰が熱によって自然に化学変化して出来るのです。一部分にでもそうして掛かってくれば、意識して工夫することになり、やがて方法を発見することになります。この地方はうんと古い時代から土器を作っていたのですから、釉薬をかけて焼く方法も自然に出来たとも考えられるのですが、これは何らかの方法で、大陸のやり方を学んだのだと思われます。『日本後紀』の弘仁六年（八一五）の条に、尾張国山田郡の三家（三宅と同じ）の人部の乙麻呂ら三人が瓷器《しき》（うわ薬をかけた焼き物）を伝習し、業を成した功によって雑生《ぞうしょう》に准じて出身（官にあげ用いられること）をゆるされたという記述があります。伝習という以上、他から学んだのでしょうし、それが功とされて官にあげ用いられたという以上、日本内地の技術ではなく、外国の技術でしょう。ところが、将門・純友の乱によって朝威がおとろえ、租や庸のかわりに焼き物を貢進することもなくなったので、その技術がほろんでしまったのです。技術は三十年使わなければ、伝承がたえます。当時はこれは最高にぜいたくな器物ですから、一般民間ではとても使えない。上流階級しか使わない。その上流階級がおとろえれば需要はたえる道理ですからね」

将門・純友の乱は王朝時代最大の戦乱ではあるが、これによって朝廷や公家の力はおとろえはしない。それを鎮圧したことによって、むしろ朝威はのびている。しかし、それとは関係なしに荘園増加の趨勢は年々に進み、天下の土地の大部分が荘園（私有地）となっている。この地方もどこかの荘園となり、従って瓷器を朝廷に貢進することがなくなったのではないかと思う。しかし、需要が三十年なければ技術の伝承がたえ、ついにほろぶというのは、その通りである。そうしてほろんだ技術が現代でも無数にある。

いろいろ話しているうちに、滝本氏は道元禅師が日本から明州の港についた時、師の明全はすぐ上陸して目的の明州景福寺に行ったのに、道元は三ヵ月も船にとどまっている、今日の旅券査証みたいな手続きが原因かとも思うが、どうもよくわからないと言う。ぼくは思いつくままに、言ってみた。

「次の足利時代には、日本から行く貿易船には、禅宗の坊さんが向うの役人との交渉や商取引きの場合の通訳として乗りこんで行くのが例になっていました。中国語の出来る坊さんももちろんいたでしょうが、出来なくても、漢文が達者なら筆問筆答で行けるのです。道元さんもそれだったのではないでしょうか。用事がすんでしまえば、上陸してもかまわないのですからね。船賃が浮きますわな。ハハ」

すると、滝本さんはひざをたたいて、

「でしょう、でしょう！　道元さんが船にとどまっている間に、向うの禅宗五山の一つ阿育王山の典座《てんぞ》――炊事がかりの、六十余歳の老僧が船に椎茸を買いに来たのです。道元さんはそれと談話しています。多年の疑問が一つ解けました」

と、よろこんだ。ぼくもうれしかった。

もしこれが事実であるとすれば、道元が久我大納言通親の次男であったという古来の説は疑ってよい可能性が出て来る。当時の公家の名家である久我家の御曹司が船賃を節約しなければならないほど貧しかったろうとは思われないからである。またそんなに貧しかったとすれば、在俗の従者があったとも思われない。同宗の同伴者である廓然と亮照とが、後は木下道正となり藤四郎となった可能性は大いにあるわけである。滝本氏の説は大いに聴くべきである。

今泉雄作・小泉彦次共著の『日本陶瓷史』の説くところでは、藤四郎の子は藤五郎基通。唐五郎といったとの説もあるが、これは音通による誤りであろうし、一にまた藤四郎とも言っているが、これはその作品が代々藤四郎といっているので、その名前までそう呼ぶようになったのであろうという。

藤五郎は父の業をついだが、苦心の末、黄釉を発見した。この法による作品が、いわゆる黄瀬戸である。前述の通り、この人の作品も後世藤四郎というので、区別するために、初代の作を「古瀬戸」この人の作品を「真中古」と呼んでいる。中興の名物となっている「淡雪」「宮城野」「常夏」「寝くたれ髪」「青柳」「橋姫」「思河」などは、皆この藤五郎の作品であると言われている由。

一説では、藤五郎は不器用で、茶入など出来なかったので、大瓶を主として作り、今日伝えられている葉茶壺は多くはこの人の作であるという。

いろいろな説があって、わからないこと以上の通りである。

藤五郎の子は藤次郎景国。この人の時代に瀬戸の土がなくなったので、美濃に移り稲葉山（後に岐阜城の築かれた山）の土で作陶した。稲葉山は一名を金華山というので、後世、その作品を金華山という。一に中古ともいうのは、父の作品を真中古というのと区別したのである。この人は祖父藤四郎の遺法を固守して、茶褐色の瀬戸釉以外は一切用いなかったという。「三笠山、真如堂」「雲井」「藤浪」「玉柏」「二見」などの中興名物になっている作品は、この人の作といわれている。

藤次郎の子は藤三郎政通。この人は破風手、渋紙手と称せられる新機軸を茶入の釉《くすり》づかいに出した。破風手とは釉際が屋根の破風の形をしているところからの命名というから、渋紙手も渋紙のような色や調子に焼き出したからの名であろう。いずれも釉薬のつかい方である。父祖におとらない名人で、中興名物の「見奈の川」「忘水」「玉川」「凡」「筧」「米一」など、その作品とされている。

一説では、この人は二代藤五郎の長男で、初代の孫であるという。少年のころから父祖にまさるほどの腕があった。ある時、建盞天目《けんさんてんもく》を見て、その釉を発明しようと企て、苦心の末、ついに発明したという。――以上『日本陶瓷史』。

滝本氏との話にかえろう。いろいろ語っているうちに、卒然として滝本氏は言う。

「藤四郎は二人いるのです」

「えっ？」

「足利時代――東山義政のころにも加藤四郎左衛門という人物がいるのです。これが鎌倉期のと混同されているので、藤四郎伝説は混乱しているのです。この藤四郎は名工でした。祖母ヶ懐の土を発見したのも、この藤四郎なのです。一体、祖母ヶ懐という地名は全国にいくらもあります。すべて南向きの、こんもりとした、あたたかい谷間です。ぬくぬくとあたたかくて居ごこちがよいのを、婆ア様のふところにたとえたのです。碑文に一説として藤四郎の祖母が発見したとあるのは、もちろん祖母という名によって附会されたにすぎません」

祖母（姥）ヶ懐という地名が全国各地にあることはぼくも知っている。いかにもそうだろうと思うが、藤四郎が二人いたとは、ぼうぜんたらざるを得ない。

「鎌倉藤四郎と足利藤四郎とは、もちろん血縁の関係があるのでしょうな」

「関係はありません。鎌倉藤四郎の系統は四五十年で切れています。足利時代の藤四郎は上手で、子孫がその技術を伝え、織田信長から制札や朱印状をあたえられ、美濃をはじめ各地に散らばって、それぞれに窯をひらきました」

「その藤四郎が名工として名をはせ、子孫また大いに発展したのは、茶の湯の盛行と時期を同じくしているようですね」

「その通りです。足利義政はご承知の通り大趣味人で日本文化史の上で東山時代というのをひらいた人です。茶の湯も大好きでした。信長も茶の湯好きです。上の好むところ下おのずからこれに倣《なら》うで、二人の時代の大名らも茶の湯好きが多かったのです。この時代の焼き物は日用雑器は別として、高級品はすべてパトロンの注文によって作るのです。今日のようにデパートが仕入れて一般社会に売り出すのではないのですからね。義政や信長のような人が出て来なければ盛んにはなりません。従って名工も出ません。東山時代の藤四郎が名工であったのは、義政という人がいて茶の湯盛行の気運をつくったからであり、その子孫が方々に散らばり、それぞれ窯をおこして栄えたのは、信長が茶の湯盛行の気運をつくったからです」

加藤民吉

茶の湯道具を作る名工は、茶の湯好きの大パトロンの出現がなければ出ないという滝本氏の説は、反駁の余地のない正論であるが、ぼくは東京に帰ってこの稿を書きはじめてから、これは容易ならない問題をふくんでいると考えた。

日本で茶の服用がはじまったのは奈良朝時代にさかのぼることが出来るが、それは上流階級が薬用として服したもので、さかんでもなく、また一般には行われなかった。平安朝時代中期を過ぎるころには、自然にやんでしまった。だから、源義朝、為朝、平清盛らは茶をのんだことはないわけである。頼朝はその晩年にひょっとしてのんだことがあるかも知れないが、のまなかった可能性の方が強い。

鎌倉時代の初期、建久二年（一一九一）に栄西禅師が中国から茶の実と喫茶法をたずさえて帰り、北九州地方や京都近郊に茶を植え、飲むことを相当宣伝したが、これの行われたのは禅家が坐禅の際の睡気ざましにしたくらいのもので、一般にははやらなかった。鎌倉時代を経過して南北朝ごろになると、上流の武家階級――この時代は武家が公家を圧して社会の上層にのし上っている――に、はやりはじめて、茶会のようなものも行われた。

この時代の茶会は、闘茶といって、茶を服用してその産地のあてくらべをするのである。闘茶の席には主催者が所持の名器・名品・名筆蹟などをならべて誇ったというから、大いに陶工らを刺戟したろうと一応は考えられるが、この時期の名器のほとんど全部は中国からの輸入品で、国産品は格おとりとされたというから、それほど刺戟したとは思われない。茶入にも中国から舶載する薬壺を代用したという。茶は薬であるという観念があったとすれば、最も自然ななり行きである。ともあれ、闘茶の流行は日本の窯業には関するところがほとんどないと考えなければならない。

今日のいわゆる茶の湯は、村田珠光にはじまり、数伝して利休に至って大成したことになっている。珠光は足利義政の時代の人で、義政に大いに用いられた人だ。この時代から、国産の茶壺、茶入、茶碗等が用いられたと見てよい。

とすれば、この時代に至るまでの、鎌倉時代の藤四郎の子孫に代々名工が出たというのは、どういうことになるのか。今日の科学をもってすれば、作品の年代はつきとめられるはずである。しかし、それぞれの作品の所蔵者らがその鑑定に協力するかどうか。とうてい協力は得られまい。問題だけを提起しておく。

瀬戸の窯業は江戸時代にはいっても盛況をつづけたが、だんだん世が進むと、相当不況になった。肥前の染め付け磁器が世に行われはじめたためである。陶器と磁器をくらべると、ぼってりとした陶器の感じは、軽快でなめらかで清潔な感じの磁器には、しろうと目にはどうしてもおとって見える。江戸時代も中期以後になると社会全体の生活がぜいたくゆたかになり、陶磁器は権力階級だけのものではなくなっている。一般の好みが支配する。瀬戸の窯業の不況も、このような社会情勢からおこったのである。

この瀬戸に新しく磁器——染め付け瓷器の製造法を持ちこみ、瀬戸の窯業を不況から救ったのは、加藤民吉である。文化年間(一八〇四—一八)のことである。

瀬戸で染め付け瓷器をこころみたのは、この以前にもあった。寛政年間(一七八九—一八〇一)に、肥前有田の陶工副島(一説久米)勇七が、何かの事情で故郷におられなくなって、瀬戸に流浪して来て潜居している間に——職人として窯場に奉公していたのであろう——瀬戸窯の庄屋役の加藤唐左衛門に染め付けの法を教えたので、唐左衛門はやってみたが、窯の構造もちがい、土質もちがうので、成功しなかったのである。副島は後に佐賀藩に捕えられ、国許に連れ帰されて殺されたという。

寛政の次の年号の享和元年（一八〇一）のこと、尾張藩では熱田前に新田の開墾をはじめ、領内の農民らに希望のものはだれでも移住して開墾することを許すと布告した。多数の農民らが集まって来て開懇をはじめた。

ある日のこと、奉行の津金文左衛門胤臣が現場を巡回すると、一団の農民らの鋤鍬をとって作業している様子が、まことに農事に不なれに見えた。文左衛門は不快でもあり、不思議にも思って尋問してみると、その一団の長である加藤吉左衛門というものが、出て来て、答えた。

加藤吉左衛門は、奉行の津金文左衛門に、恐縮しながら言った。

「お目ざわりになって、恐れ入ります。私共は元来瀬戸村の焼き物師なのでございますので、鋤鍬づかいになれないのでございます」

「瀬戸の窯は大へんお国益になっている。なぜその業を励まず、ここに来てなれない百姓などになろうとするのだ。よくないぞ」

と、奉行はしかった。

「恐れ入ります。しかしながら、これは当国の掟《おきて》によることなのでございます。当国の掟では、陶業に従事出来ますのは、その家の当主だけで次三男はしてならないことになっているのでございますが、昨今は不景気で品物のはけ行きが悪うございますので、窯という窯、皆こまっているのでございます。そこへ、こんどのありがたいお触れがありましたので、私は家を長男にゆずりまして、私の次男以下の者共をはじめとして、村の次三男を引連れまして、農人になろうと存じて、当地に移ってまいったのでございます」

長男だけが陶業に従事し、次三男以下にはこれを禁ずるというのは、もちろん、同業者が多くなっては共倒れになるという配慮から出来た掟であるが、それは陶器を作るのを禁じたのではなく、独立の業者となるのを禁じたという意味で、次三男が職人として家業を助けるのはさしつかえなかったのであろう。しかし、当時は製品の売れ行きが不振となり、それすらも出来なくなったのである。

どうしたことからか、奉行は染め付けの法を知っていた。陶磁器に関する中国渡りの書物でも持っていたのであろう。

「お国の掟とあればいたし方はないが、幸いわしは南京染め付けの法を存じている。これはご領内ではだれも心得ていない秘法である。教えてつかわすゆえ、瀬戸にかえって試みてみんか。もし成功したら、この熱田へかえって、新しく染め付け焼きの窯をひらくがよい」

と、その秘法を伝授した。

吉左衛門はよろこんで、瀬戸にかえり、本家の加藤唐左衛門に語り、一緒に試みた。土や釉薬をえらび、盃を五六個焼いてみると、一応のものが出来た。奉行に見せると、よろこび、熱田新田の古堤に窯をひらいて染め付けの法をはじめよとすすめる。

そうすることにしていると、故障が出た。本家の加藤唐左衛門が、瀬戸の死活に関するとて、反対をとなえ出したのである。唐左衛門は津金奉行にむかって、

「瀬戸以外の土地に新たに、しかも染め付けの窯をひらかれましては、さなきだに不況にあえいでいる瀬戸は、たちまち打撃をこうむること間違いございません。新たに窯をひらくことについては、昔からお国に掟もございます。相成るべくは、この窯は瀬戸におまかせ願いとうございます」

と申し立てた。昔も今も、こんなことは同じである。

奉行ははねつけて、あくまでも熱田にひらかせると言い張った。これにたいして、瀬戸側は瀬戸代官の水野権平太に頼みこみ、ずいぶんめんどうなことになった。

そのうち、藩の勘定奉行が瀬戸側にひいきしたばかりでなく、開墾奉行の津金文左衛門が病気になり、重態になったので、ついに瀬戸側の勝ちに帰し、享和二年、瀬戸村に染め付け窯を開くことになった。多数の窯元が染め付け窯に転向した。

これでは次三男が窯をひらくことは出来ず、昔のまま職人として家業を助けるだけのことになるから、熱田方の全面的負けである。

さぞ次三男らはうらんだことだろうが、お上の威光が何よりも強い時代のことだから、いたし方はない。窯元取締役には庄屋の加藤唐左衛門がなった。

加藤吉左衛門とその次男民吉とは、師匠ということで採用された。

こうして、瀬戸の染め付けははじまったのだが、その製品は有田のものにくらべると、大分おとった。第一、有田ものは地が純白で、染め付けの色は美しくあざやかであるが、こちらのものはそうはいかないのである。

窯がひらけてから二年目、吉左衛門は、民吉に、

「お前、有田に行って、秘法を学んで来い」

と言いつけた。民吉も父と同じ思いでいたのだが、これは非常に困難なことであった。有田の染め付け瓷器は佐賀藩の財政の非常な足しになっていて、藩はその製法を最も秘密にしている。その職人を他国に出さず、他国の者を窯場に近づけず、厳重をきわめた。民吉としては、産業スパイとして行くわけだ。いのちがけであった。

民吉が瀬戸を出て九州に向ったのは、文化元年の十二月二十二日であった。尾張藩は代官水野権平太を通じて費用を出してくれた。民吉が染め付けの秘法を修得してかえってくれれば、藩の利益にもなることだからだ。

そのころ尾張愛知郡菱野村の出身で天中という坊さんがあって、肥後天草の東向寺の住職をしていた。多分、藩からこの人にあてて紹介状をつけてくれたのであろう、民吉

はこれをたよって行った。

天中和尚は民吉の話を聞いて、大いに骨折ってやる気になった。しかし、これはなかなかむずかしいことであった。肥前の染め付け瓷器の本場は有田と伊万里であるが、ここは佐賀藩領内で、佐賀藩はこれが藩の大利益になっているので、製造法を極秘にさせ、他に漏れることをきびしく警戒している。とうてい尋常一様の方法では潜入出来そうにない。

「急いではいけない。しばらく待たっしゃれ」

と、工夫をめぐらした。

その間に、民吉は天草高浜の植田元作の窯場に目をつけ、天中和尚の紹介で、職人として住みこんだ。天草は今日でもごく良質の磁器の陶土の出るところだから、ここでも磁器が製作されていたのであろう。民吉は忠実に働きながら、秘法をさぐり知ろうとつとめたが、植田が釉薬の調合法をきびしく秘密にしているために、どうしてもさぐり知ることが出来ない。あきらめて、天中和尚のところへ逃げかえった。

その間に、天中和尚はある工夫に達していた。

「有田と伊万里の窯にはなかなかはいれん。山一つ越えた西側の北松浦郡は平戸領や。ここにも窯場が方々にあって、染め付けを焼いとるそうな。ひとまずそこらの窯場に行って働いてはどうやな。いろいろ覚えられるやろ。また、そのうちには佐賀領内にはいれる便宜が出来るかも知れん」

そうすることになった。天中和尚は佐世保の同宗の西方寺の住職に添え状をつけてくれた。民吉は佐世保に行くと、西方寺の住職は、やはり同宗の乗行寺村の薬王寺の住職に紹介してくれた。その薬王寺の住職の世話で、平戸藩主松浦家の御用窯今村幾右衛門の職人となったが、五六ヵ月働いているうちに、素姓がばれかけて身が危くなったので、逃げ出し、しばらく薬王寺に潜伏した後、また住職の世話で、江長(永)村の久右衛門のもとに行った。久右衛門は薬王寺の住職にたいする義理か、信仰のためかで、引受けはしたものの、おぼろげながら民吉の素姓がわかると、手もとにおくのを不安に思って、佐々村の窯元福本仁左衛門に送りつけた。

民吉はここで職人として働きはじめたが、利発であり、勤勉であり、技術は上手であり、仁左衛門は気に入って信用すること一方でなく、ついに家伝の秘法を教えてくれた。一説では、娘をめあわせて養子とし、子供まで生れたので、秘法を伝授したともいう。講談の『赤穂義士外伝』の絵図面とりなどの類型談で、信じかねるような気もするが、男女の愛情を利用して秘密をさぐることは、現代の国際スパイの場合にもよくあることであるから、類型的であるという理由でウソと断ずるわけには行かない。

国を出てから満三年、文化四年正月はじめ、民吉は佐々村から逃げて、天草の天中和尚のもとへかえって来たが、その途中、運よくも有田の錦窯を見ることが出来、また円山で瓷器の丸窯を改造中であったので、はからずも構造を見ることが出来たという。また、天草で、以前住み込んで無断で逃げ出した高浜の植田元作の家に行って、あらためてあいさつし、素姓を語り、わびを言い、これから帰国すると言ったところ、植田は感心して、錦手の秘法を伝授してくれたという。

天草を立って、肥後の八代で高田《こうだ》焼きの柳本勝右衛門の窯を見てから、真っすぐに帰途につき、瀬戸にかえりついたのは、六月十八日であった。この時の民吉の旅手形が現存している。東向寺から出したもので、民吉は東向寺の家来という名目になっている。

瀬戸へ帰着して水野代官にその旨を届け出ると、藩では功労を賞して、上絵釉に酒肴料をそえて下賜し、民吉を士分に取立てている。

瀬戸に上質の染め付け瓷器が出るようになったのは、この時からで、その利をこうむったのは瀬戸の業者だけでなく、美濃の多治見でも染め付け焼きに転業するものが多く、余慶は現代におよんでいる。

民吉は文政七年（一八二四）五十二で死んだ。瀬戸の業者は民吉を磁祖と仰ぎ、陶祖藤四郎にたいすると同じように、記念碑を立てて追慕している。

志野宗信

瀬戸市での取材をおわって、多治見市、さらに土岐市に行った。瀬戸は尾張、多治見と土岐は美濃、今日の行政区分でも愛知県、岐阜県とちがうが、実はごく近接していて、あたり一帯の山々谷々に窯場があり、窯あとがある。国別や県別にかまいなく一つづきの窯業地帯として、相より相まって発展した地域であることがわかる。名門の陶工の家に伝える系図によると、ほとんど皆瀬戸の藤四郎の子孫が、それぞれに移ってはじめたことになっている。系図というものは、上は将軍家、大大名から下は諸務の武士のものに至るまで、あまりあてにならないのが常識であるが、ここの陶工らの家の系図は信じてよいであろう。民吉の項で書いたように、新窯は勝手に開かれないのであり、この地勢であるから。

瀬戸、多治見、土岐、三市の市立陳列所のどこでも見られるのは、志野や織部が多数あることである。

志野焼きは、足利義政につかえた志野流香道の開祖志野宗信にはじまるという。宗信は茶道にも通じて、意匠を示して瀬戸の工人に注文して、香道や茶の湯の道具を造らせた。白い釉薬を厚くどっぽりとかけ、その上に小さいひびが出来、釉際のところに赤いはみ出しがあり、釉上に鉄釉で絵のような模様のようなものを描いているもの。宋の哥《か》窯《よう》の百圾砕を手本にさせたものだろうと言われている由。

この時代は室町時代前期の、中国からの舶載ものを珍重したなごりがまだ濃厚にあったからでもあろうし、日本の陶工らの技術がまだ幼稚であったからでもあろう。文化はすべて外国文化の模倣とそれとの闘争とによって発達する。陶芸もこれをはずれない。宗信の注文と指導とによって、ずいぶん傑作が出来、やがてそれが陶器の型の一つとなり、その型のものを志野焼きと呼ぶようになり、多治見でも、土岐でも、その他この地方の方々の窯場で焼き出すようになって、今日に至っている。

宗信の指導と注文を受けて、だれが志野焼きをはじめたか、それはわからない。もし正確に当時の陶工の名前がわかるなら、その中のだれかであろうが、とうてい正確にはわかるまい。つまり、デザイナーであり、注文者であり、指導者である志野宗信の名だけがのこって、職人の名はのこっていないのである。もっとわかりやすく、今日の製造業者にたとえて言えば、宗信は何々電機社長なにがし氏であり、陶工はその工場に働く職工である。だれが職工の名を知ろう。当時の陶工はそういうものだったのである。

古田織部正

織部焼きは、豊臣秀吉時代の大茶人である古田織部正重然《しげなり》が瀬戸の陶工らに注文し、指導してはじめさせたのがおこりである。

織部正は一般には伊勢松坂（一説に一万石、一説に三万五千石、一説に五万石、一説に五万四千石、一説に六万石）の大名である、ということになっているが、大阪府茨木の郷土史家郡恵一氏の研究によると、これは同時代の古田重勝（重照ともあり）と混同されているので、織部正は山城国西ノ岡三万五千石の大名であったという。美濃士で三千石の身代の家に生れたという説があり、武将ではなく、信長の茶道坊主から出身したという説もある。しかし、茶道だけではいくら気前のよい秀吉でも、万石以上はくれるまい。利休ほどの人でも三千石しかもらっていない。武将としてある程度の武功もあったから、これだけの身代になれたのであろう。武将としての功は秀吉の山崎合戦の時、茨木城主中川瀬兵衛を説いて秀吉に味方させたことしか伝わっていない。他は全部茶の湯に関する話だけである。だから、武家時代の武家社会では彼の評判はあまりよくない。

その一

大坂冬の陣の時、諸陣竹束を立てならべて城内からの銃撃を防いだ。織部正はその竹束の中から茶杓をつくるによい竹をさがし出そうとして、しきりに物色した。城内では竹束の上に動く彼の旗さしものを目がけて、しきりに鉄砲を打ちかけたので、さしものが、ずたずたになった。武将らが集まった席で、彼は、

「われら敵の矢玉の的になって、さしものがこのようになった」

と自慢すると、ある武将がせせら笑って、

「このさしものは上部だけが破れている。おぬしは竹束の外へ出なかったのであろう」

と言った。織部正は返すことばがなかった。

その二

彼は端正完全な器を好まず、茶碗はわざとわってつづくり合わせ、書画なども切り破ってはぎ合わせて、興あることとして用いた。

大河内金兵衛元綱は徳川家の臣で、有名な知恵伊豆松平信綱の実父だが、織部正のことを、

「織部はろくな死に方はすまい。昔から伝わる名器具は神仏の加護あればこそ、完全な形で今日まで伝わったのだ。それを織部は一己の好みにまかせて、わざと破ってよろこんでいる。必ず神仏の憎しみを受けるであろう」

と言ったところ、果せるかな、刑死している。等々だ。

古田織部正が江戸時代の武家に評判の悪いことは上述の通りであるが、これは一つに

は彼が大して武功もないのに大名になっていたことにたいする嫉妬と、また一つには徳川家にたいする叛臣であったためであろう。むしろこれの方が大きかろう。大坂夏の陣の時、織部正の茶道坊主の木村宗喜という者が大坂方と通謀して、家康と秀忠とが京都を出たあとをねらって、天皇を擁して二条城を攻め取り、京都中を焼きはらう計略をめぐらしていることが、どたん場に発覚した。織部正がそれに加担していたかどうか、はっきりしないが、たとえ無関係であっても、家中からそんな不逞な者を出したのは、家中不取締りの責任はまぬかれない。捕えられて、子の山城守重広とともに殺されたのである。

江戸時代に徳川家に叛逆したとなれば、武家の間では汚名はまぬかれない。ずっと悪く言われるのである。

茶人としてはなかなか評判がよい。

その一

彼は利休七哲の一人として、織部流茶道の祖である。ある時、利休が高弟らを集めて雑談しているうちに、

「瀬田の唐橋のらんかんの擬宝珠《ぎぼし》のうちに、ただ一つ実に美しい形のものがある。おのおの方がおついでの節ごらんあって見つけなされよ」

と語った。間もなく、織部正の姿が見えなくなった。人々は小用にでも行ったのだろ

うと思っていたが、なかなか姿を見せず、ついに散会となった。利休も急用でも出来て中座したと思っていたところ、夜おそくなってやって来た。ほこりにまみれ、どこか遠いところから来た様子だ。ともかくも、客間に通すと、すわるや言う。

「昼間のお話の唐橋の擬宝珠というは、南側の何番目のものではありませんか」

利休はおどろいた。

「そうでござるが」

「あれからすぐ参って見てまいりました」

さすがの利休も、織部正の数奇《すき》にたいする思い入り（美にたいする関心）の深さに感心したという。

その二

利休が秀吉の怒りに触れ、堺の屋敷に退去を命ぜられ、京を去る時のことだ。それまで利休は秀吉の第一の気に入りというので、大名高家もきげん取りに訪問し、門前はいつも大へんなにぎわいであったのに、今や秀吉の怒りを恐れて、だれ一人見舞に来ない。ましてや見送る者のあろうはずはない。利休はさびしく京を出て、川舟で下った。しかし、織部正と細川忠興とはひそかに淀まで行っていて、利休の舟を呼びとめて別れをおしんだ。

よほど利休はうれしかったのであろう、細川家の重臣松井佐渡守康之が、利休に見舞状をよこしたのにたいして、こう返事している。

わざわざお飛脚をたまわり、過分至極です。ご命令によって、昨夜にわかに堺に下りましたところ、羽与(羽柴与一郎、忠興のこと)様と古織(古田織部正)様とが淀まで見送りに来てくださっていました。船中から見つけて驚きました。お礼申していたと仰せ上げてください。恐々謹言

織部正と忠興は、利休七哲の中でもわけて茶の湯への執心が深く、また上手でもあった。もし七哲の中から二聖とか竜虎とかをえらぶとすれば、二人であろう。だから、一説では淀の舟中で、一説では堺で切腹の直前、忠興には茶杓を、織部には茶入を、茶の湯印可のしるしとして贈ったという。

その三

前に書いたように、織部正は完全な形をしている器具をわざとこわし、つぎ合わせて、そこに生ずる破格の美を楽しむことをはじめた人だが、このやり方について、大河内金兵衛とは正反対の見方をしている人がある。

現代の陶工加藤唐九郎氏である。永仁の壺事件でさわがれた人。ずっと以前、この人とある座談会で同席したことがある。その席で、利休と織部との陶器にたいする態度の

比較論が出ると、氏はこんな意味のことを言った。

「利休は芸術以前の人である。自然に存在するものの中から美を見つけ出した人ではあるが、作り出した人ではない。織部は美を作り出した人である。芸術としての陶器は織部からはじまっている」

すでに十数年前のことになるが、感銘最もあざやかに覚えている。織部正にとって、これ以上の頌辞はないであろう。

破格の美をよろこぶ織部正の好みが、奇抜をよろこび、奇形をよろこび、モダンをよろこび、エキゾチシズムをよろこぶようになるのは、自然のなり行きである。その上、この時代は中国や朝鮮との貿易だけでなく、東南アジア諸国との貿易もひらけた。南蛮船もしきりに来た。中国や朝鮮の貨物と同様に、東南アジアの貨物や西欧の貨物がさかんに輸入される時代であった。話を焼き物にかぎっても、中国から来る明三彩、東南アジア方面から来る交趾《こうち》、宋胡録《すんころく》などがある。織部正の新奇好みの精神は大いに刺戟されざるを得なかった。

織部正も利休の生きている間は、忠実に利休の茶儀を守り、道具類の好みも利休好みに従っていたであろうが、天正十九年（一五九一）の春、利休が秀吉の厳命によって堺の自宅で切腹した後は、天下の茶匠とて世にもてはやされるようになるから、だんだん自分の好みの道具を使うようになったのであろう。

今日織部好みとして伝わっている器具は、香盒《こうごう》、茶碗、水指、茶入、花瓶、料理の皿などから燭台、石燈籠等にいたるまで、すべて変調であり、モダンであり、色彩ゆたかであり、自由闊達であり、とうてい利休の侘《わび》好みから発展したとは思われないほどのものである。端的には、沓形《くつがた》の茶碗一つを見てもわかる。茶碗のふちは円形であるのが普通であるのに、彼はこれをおしゆがめ、いびつにして、そのころの宮廷人や神主などのはく沓に似た形にしているのである。

このような彼の行き方は、利休にたいする反撥のようにも観取される。彼はよほど個性の強い人で、利休を尊敬して追慕すればするほど、圧迫を強く感じ、そのあまりには反撥せずにおられなかったのかも知れない。

もっとも、これが時代の風尚でもあった。利休の侘茶は、豪放華麗、金と朱とをふんだんに使った、安土桃山時代の気分にたいするアンチテーゼ——くだけて言えば、美食に飽いた人の茶づけ好みのようなところがかえってよろこばれ、一世の流行になったと思われるのであるが、織部正の好みは時代の豪華で新奇好みの風に棹《さお》さしていると言える。あれもはやれば、これもはやる。人の心は一本調子ではない。

織部正はキリシタンだったという。キリシタン大名として有名である高山右近大夫も利休七哲の一人であるが、その妻は織部正の妹であったという。当時はキリスト教大流行で、大名にも庶民にもずいぶん多数の信者がいたが、信仰とは関係なくキリシタン風俗がはやって、信者でもないくせにコンタツ（念珠）をもったり、十字架を首にかけたりするのを伊達としたほどであったというから、織部正がキリシタン趣味を好みの道具にとりこまないはずがない。茶器の模様にもそれがあり、燈籠などにもそれがある。

織部正の好尚は上述の通りであったから、はじめの間こそ、これまであったものを破ったり裂いたりしてつぎはぐことで済まされもしたろうが、やがてそんなことではおさまらなくなるのは自然の勢いである。こうした注文には、型紙を切ってわたしたものだという。示して焼かせることになる。焼き物などは陶工に注文して、自らのデザインを形は型紙で示し、模様や色彩は文章で書いてそえたのであろう。

こうして出来たものを「織部好み」といい、その類のものを「織部焼き」略して「織部」というようになって今日に至っている。影響は最も大きく、備前や肥前地方の窯にもおよんでいるという。

もっとも、織部正の生きていた当時は、この名では呼ばず「今焼き」「アラ」「アラキ」「新焼き」「ヤキ」などといっていた由である。いずれも新製の焼き物という意味の普通名詞にすぎない。生きている人間はなかなか権威が固定しないものだ。織部正も死んでから権威が固定して、その風の焼き物も固有名詞となったのであろう。

織部正の指導を最も受けたのは、近江の信楽《しがらき》の工人であるというが、美濃や瀬戸の諸窯の工人らももちろん受けている。彼は美濃の生れであったのだから、故郷の諸窯とそれに隣接している瀬戸の窯を忘れるはずはないのである。

そんなら、どんな人々がそれであったかといえば、これがまたわからない。ここでも、織部の名だけがのこって、実際に手をおろして作った工人らの名はのこっていないのである。

ただ一人土岐の久尻《くじり》の加藤景光は織部正の指導を受けたことが確実といわれている。

景光・景延

加藤景光は通称は市左衛門、代々の陶工の家に生れた。はじめ赤津（いま瀬戸市に属す）にいたが、後に瀬戸に移った。これはちょうど織田信長が足利最後の将軍である義昭との和親が破れてこれを追い、越前の朝倉氏をほろぼし、北近江の浅井氏をほろぼし、武田信玄の死んだという知らせを受取ったころである。信長の勢いは磐石の上にすえられ、その胸には天下無敵の気概が夏雲のようにわきみなぎっているころであった。

このころ、景光は茶壺をつくって信長に献上した。このころの信長の分国は十七八ヵ国もあったが、尾張と美濃とは信長の勢力の根抵をなすものであるから、信長の両国の民にたいする気持は他とちがったはずであり、民らの信長にたいする心もまたちがっていたはずである。だから、景光も、信長が茶の湯好きであることを知ると、精根をこめてつくり、出来のよいものをえらんで献上したのであろう。

信長はこの茶壺が気に入って、朱印状をあたえた。

瀬戸の焼物釜(窯)事は、先規の如く、かの在所においてこれを焼くべく、他所のためには一切釜(窯)を相立つべからざるものなり

天正二年正月十一日

信長朱印

加藤市左衛門へ

一説では、これは景光にたいしてだけあたえたのではなく、瀬戸の窯元四十八人を選抜して、みなそれぞれにあたえたともいう。とすれば、信長がその茶の湯好きから、瀬戸の窯元らに命じて作品を献上させ、審査して四十八人をえらんで朱印状をくれたということになろう。

しかし、これは信ぜられない。後の事実とマッチしない。一瀬武市氏の『美濃焼の歴史』によると、ずっと後の江戸時代のことになるが、この朱印状を、尾張・美濃の窯場の五ヵ村で一年ずつのまわり持ちにしていたというからだ。多数の朱印状があるなら、こんな事態が生じようとは思われないのである。

もっとも、加藤市左衛門景光への朱印状は、瀬戸の窯元全体にあたえられたもので、景光は単にその代表者というに過ぎなかったというなら別だ。そう思って読めば、この朱印状の文面はそう解釈した方が自然なようでもある。そうであるなら、後世に至ってまわり持ちという事態の生ずるのは最も自然である。

また、朱印状を質入れしたこともあるという。封建社会は最も由緒を重んずる。由緒を重んじなければ、諸大名の家など存立の理由はなくなって、封建社会は成り立たないのである。こんな社会では朱印状はずいぶん威力があるはずであり、従って質入れの対象にもなるのである。

景光は天正十一年に、美濃の久尻村（いま土岐市に属す）に来て、新たに窯をきずいたが、その子孫はずっとつづいて、現代の十二世景秋におよんでいる。

この人にはこんどの取材旅行で会って、いろいろとおもしろい話を聞いた。

この人から聞いた話と『美濃焼の歴史』の記述とを参酌して書けば、こういうことになる。

その一

景光の子の景延はなかなか覇気のある人であった。美濃で陶祖と仰ぎうやまっているのは、この景延である。この人は肥前に行って視察し、帰って来て唐津式の新窯をひらいた。これまでこの地方の窯は穴窯であったが、登窯になったのは、この人の力である。

白釉を考案したのもこの人である。

この人のきずいた窯あとは、先年発掘して、元屋敷窯という名で、鄭重《ていちょう》に保存されている。十四房もある大きなもので、織部を専門に焼いて多数の名品をつくり出したという。今でも隣接している竹やぶの中からすぐれた破片が発掘されるという。

『美濃焼の歴史』によれば、景延はこの窯の形状や構造を極秘にして、四方に高塀をきずいてわきから見えないようにしたので、瀬戸、赤津の工人らは一策を案じ、ある年の正月、年賀の祝いと称して、打ちそろって景延を訪問した。酒興たけなわの時、かねての打合せによって、赤津の松原太郎蔵の子仁兵衛という者が、そっと高塀をのりこえ、窯の様子をしらべた。景延は怒ってこれを追いはらったが、これで窯の様子がわかり、瀬戸、美濃の窯は従来の穴窯から登窯にかわったという。

その二

景延は正親町《おおぎまち》上皇に白釉の茶碗（志野織部であったという）を献上して、慶長二年（一五九七）七月五日、筑後守に任ぜられた。

この時代の受領任官は、名誉だけのものであって、神主をはじめ、刀鍛冶、菓子屋、薬屋等、ついには義太夫語りまで国司号をもらうようになっている。献金して官名を買うのである。これは朝廷や中に立って世話する公家らのほまちとなって、そのとぼしい生活費の足しになったのである。この種の売官はこのころからはじまったもののようである。だから、官名を授けられたとて、さして名誉とするにはあたらないのであるが、景延はその最初あたりの人のようであるから、いくらかは後の受領職人とは違った目で見る必要があろう。なお、陶工が受領した例は、ほかにはぼくは知らない。

その三

後陽成天皇（前条正親町上皇の時の天皇）から、筑後朝日手焼の名称を賜わった。

その四

大正四年十一月十日、従五位を追贈された。

その五

これはなかなかおもしろい。

慶長五年八月、関ヶ原大会戦のおこる少し前、西軍に属する岩村城主の田丸具忠が東軍に味方する妻木城（いま土岐市内にある）主の妻木家頼（頼忠という説もある——『寛政重修諸家譜』）を攻めようとして、久尻を通過すると聞いて、景延は一族や職人、家来どもに武器を持たせて、さえぎり戦った。角左衛門景定は弓をもって後陣の大将松原忠兵衛を射落し、太郎右衛門は鉄砲で敵の勇士木原清八を打ちとめた。

田丸勢は怒って、ともかくも景延勢を追いはらい、久尻に侵入して窯屋を焼きはらったが、妻木城に行くことはやめて、右折して久々利《くくり》に向うことにした。久々利にはやはり東軍に所属する千村良重がいる。道は山間にはいって、五斗蒔《ごとまき》、大平《おおだいら》、大萱《おおがや》を経て、久々利に至るのである。途中経過のこれらの土地はいずれも窯のあるところである。田丸勢がその山間の道にはいってしばらく行くと、大平の陶工景豊がまた一族をひいて、一枚岩の断崖の上に待ちかまえていて、弓矢、鉄砲を乱射し、岩石を投げおとして来た。とうてい進めるものでない。ついに田丸勢はすごすごと岩村へ退却したというのである。

これは関ヶ原大会戦の前哨戦としておこった、ごく一局地の小ぜり合いにすぎないが、陶工風情が小なりといえども大名の軍勢を相手に挑戦し、ついにこれを撃退したという事実は、この時代の陶工を考えるに、よい材料になる。

この時代は、身分としての士・農・工・商の序列はまだなかった。身分としてこれが確立したのは、徳川幕府の時代になって、三四十年たつ間にだんだんにそうなったのである。松井友閑は尾張清洲の町人だが、信長はこれを堺奉行にしている。秀吉は堺の町人津田宗及や今井宗久、博多の町人神谷宗湛とごく懇意にしてまじわり、彼らは大名らと膝組みで交際している。家康は山城宇治の大百姓上林喜庵を宇治代官に、近江大津の町人小野総左衛門を大津代官に任命している。後藤光次も京都の町人であったが、家康に用いられて金座の主宰者になり、家康の加判（後には老中のことを言う）の一人となっている。士・農・工・商は単なる職業名で、身分にはなっていないのである。

だから、久尻窯の景延も、大平窯の景豊も、今日の観念の陶工ではなく、窯業を営んいでる豪族だったと見るべきであろうし、さらに言うならば、陶器製造の工場主、資本家であったと見るべきであろう。松下幸之助なのである。であってはじめて、彼らが多数の家来を持ち、武器、弾薬も多量にたくわえていたことが納得されるのである。

ぼくはこの意見を、現当主の景秋氏に諮ったが、景秋氏は賛成しなかった。

「陶工ですよ。みずから手をおろして作ったのです」

と言う。

議論しても解決のつくことではないから、押しては言わなかったが、ともかくも、ぼくの解釈を書いておくことにした。

ぼくはなお考える。景延のあとは、世の推移につれて、資本家的ではなくなり、純然たる陶工になり、名工も出て来ているが、当時の人の観念からすれば、零落感があったはずと思う。陶工にかぎらず、工芸の職人らが芸術家意識をもち、それを誇りとするようになったのは、ごく新しいことである。職人となるより、窯元の旦那衆でいる方をよろこびとしたはずと思うのである。

長次郎

愛知県と岐阜県には無数の窯業地があり、そのほとんど全部が古い歴史を持っており、それぞれに名工を出しているが、浅学な上にひまもないぼくには、とうてい調べのつくものではない。このへんで、この地方はごめんをこうむって、京都に向った。

京の焼き物の歴史は古いといえば古く、新しいといえば新しい。古いという見地に立てば、平安京の大極殿やその後の諸大寺の緑釉瓦《りよくゆうがわら》を焼いたことや、鎌倉時代の藤四郎が一ころいたという深草の窯にもさかのぼらなければなるまいが、新しいという見地に立てば、織豊時代ごろからはじまったという楽焼き（この時代にはまだこの名称はなく、今焼きとか、アラ焼きとか言っている）あたりからであろう。織物とならんで名高い京の焼き物だが、歴史は比較的に新しいのである。

信長の時代か、その少し前あたりころに、京の上長者町西洞院東入ル北側に、一人の朝鮮人がいた。名前はわからない。飴屋をいとなんでいたという。日本人佐々木氏の女と夫婦になって、佐々木を名字としていた。初代長次郎は、この二人の間に生れたのだという。

この長次郎がどうして焼き物をやるようになったかについては、いろいろな説がある。一説では、信長のころ、朝鮮渡りの黒高麗《くろこうらい》の茶碗というのが珍重されたので、信長はこれを日本で模作させようとして、飴屋に命じたところ、飴屋はいろいろと工夫して、ついに焼き出したという。

一説では、飴屋はどう工夫しても出来ないので、息子の長次郎を朝鮮にやって、学びとらせて来たという。

しかし、この両説はいずれにも不審がある。その第一は、飴屋を商売にしている者に、いくら朝鮮人だからとて、いきなり焼き物をせよと命ずるとは、日本人なら日本刀が打てるはずだとズブの素人に命ずると同断である。信長ほどのかしこい人間のすることとは思えない。

第二は、楽焼きにおける造形法だ。しかし、これはあとで触れるから、ここでは言うまい。

ともあれ、上述した説は承服出来ない。

佐々木長次郎は、後に田中という名字になるが（今日では楽と名のる）、それは利休からもらったのだという。利休は本来は堺の町人で、俗名は田中与四郎というのである。

この長次郎が天正七八年ごろ、すなわち信長の死の二三年前ごろ、利休の指導を受けて、焼き物をはじめて、茶碗その他の茶の湯に使う道具を作りはじめた。

長次郎の作り出した焼き物は、今日でも楽家およびその系統を引く人々に行われているが、造形の方法は、普通の焼き物と全然ちがう。普通の焼き物ではロクロを用いて造形するのだが、これは粘土を平かにのばし、周囲を立てて大体の形とし、生がわきにして、ヘラで削って形をととのえるのである。高台などもあとでつけるのではなく、削り出すのである。こういう造形法は、ずっと昔は知らず、ロクロの使用を知ってからは、まことにめずらしい。いかにも素人くさいのである。ぼくは長次郎は素人であったにちがいないと思う。朝鮮にわざわざ修業に行った人間のしそうなことではない。しかし、全然焼き物に関係のない人間を、いかに利休であればとて、目をつけてやらせるはずはないから、土こねに関係のある仕事をしていた人間にはちがいないと見てよい。

長次郎は、後に秀吉が聚楽第を営んだ時、聚楽第の棟瓦(獅子瓦)を作っている。本職は瓦屋で、余技として茶の湯道具をつくったと考えるべきではあるまいか。であるなら、利休が目をつけたこともわかるし、その造形法がいかにも素人くさいのも納得出来る。

こう思っていたところ、四十一年三月号の『陶説』所載の磯野風船子の「楽代々(三)」を見ると、楽家は道入(異名ノンコウ)に至って、瓦窯を捨てたと出ていた。瓦屋が本業であることは、専門家によっても認められていることなのである。思うに朝鮮人が飴屋をしていたのは、日本に来た当初のことで、その後瓦屋に転業したが、世間では旧によって「飴屋」といっていたのであろう。今日でもよくあることである。

利休は茶には楽焼きが最も適しているといって、しきりにひいきにし指導して作らせた。織部の項で書いたように、型紙や図面をもって形を示し、文書によって色合を示したのである。利休の指導した焼き物は長次郎以外にはぼくは知らない。

長次郎の後も、千家との関係は最も深いものがあり、千家の十職の一つとなっている。「楽焼き」という名称は「聚楽焼き」の略である。そうでないという説もあるが、ぼくには一番これがすなおに受取れる。

ノンコウ道入

長次郎にたいして、利休は注文者であると同時にデザイナーであり、指導者である。だから、長次郎に作らせたものは自分の作品と見て、今日のこっている長次郎作の茶碗の底には自分の花押《かおう》を書き、箱書きにも長次郎の名は書いていないという。利休がこうだっただけでなく、長次郎も自分の作品とは思わず、自分の印をおしていないという（以上「楽代々」より）。現代とはまるで観念がちがうのであるから、普通なら志野宗信や古田織部正における瀬戸や美濃の陶工のように名前ものこらないところであるが、ともかくも長次郎の作品としてはっきりわかって伝わっているのだ。幸福というべきであろう。

長次郎には最も有能な助手があった。宗慶とその長男宗味である。長次郎と宗慶とがどんな血縁的関係があったか、よくわからないが、血縁であったことは確かであろう。両人とも、なかなかの技倆があり、今日長次郎の作品として伝わっているものの中には両人の作品があることは確かで、この両人がいなかったら、陶芸家長次郎はあり得なかったろうとさえ言われている。いずれの世界の職人も同じだ。芸術家意識などさらにない時代だから、代作問題などおこりはしないのである。

長次郎は利休の死に先立つこと二年、天正十七年に病死したが、子がなかったので、あとは助手宗慶の次男である常慶がついだ。長次郎は単なる茶碗つくりの職人ではない。瓦屋が本業だ。茶碗つくりの技術が上手というだけで、あとをつがせるはずがない。血縁の関係があったから、あとをつがせたと思うのである。

常慶はなかなかの名工で、秀吉から楽字の金印を授けられたという。一説にはこれは初代長次郎だともいう。しかし、初代長次郎の作にも、常慶の作にも印をおしたのはなく、印をおしたのは三代道入からだという。これについては、一応の議論がぼくにあるが、先に行って語ろう。

常慶の子が、ノンコウというあだ名で最も有名な道入である。道入は楽家代々の中で最高の名工といわれている。慶長四年に生れ、明暦二年（一六五六）、五十八で死んだ。楽家では、道入の先代まで、利休のデザインを忠実に墨守し、世間でもこれを「宗易《そうえき》好み」といってよろこんだのであるが、道入はこれを離れて、自分の工夫を自由に出した。この点がこれまで楽家で作品に印をおさなかった理由であり、道入から印をおすようになった理由であると思うが、どうであろう。

道入は窯の火度も従来の低火度から高く上げて艶の出る工夫をした。釉も従来の黒と赤だけでなく、白、べっ甲、黄、朱など、いろいろ使い、そのかけ方にも新しい工夫を凝らした。これまでの楽茶碗は全体に釉をかけたが、彼は高台の脇上から腰まわりのあたりにはわざとかけず、土味を見せることにした。形もまた自在に自らの好みを出した。楽茶碗は彼においてはじめて利休の束縛をはなれたのである。

彼は本阿弥光悦と交りが深かったので、その芸術観の影響を受けることが深かったろうといわれている。光悦も彼を評価すること高く、こう言っている。

今の吉兵衛（道入の本名）は至って楽の上手である。自分も吉兵衛に釉法等の伝授を受けて、なぐさみに焼いている。吉兵衛の作はきっと後世貴重されるであろうが、吉兵衛は先代とかわって生活が貧しい様子である。すべて名人は皆貧しいものである。

（『本阿弥行状記』）

道入の貧乏は、先祖からの本業である瓦屋をやめたのが主たる原因であろう。もうかる瓦屋をやめて、楽焼き一筋になったのは、道入の技術にたいする打ち込みの深さである。ここが光悦のいわゆる、「すべて名人は貧なるものぞかし」であろう。

道入にノンコウという異名がついたわけは、こうだという。

利休の孫宗旦が、ある時伊勢鈴鹿郡神戸《かんべ》郷野尻にあった能古《のんこ》茶屋に遊んだ時、竹で二重切りの花入をつくり、「ノンコウ」と名づけ、これを持ちかえって道入にくれた。道入はよろこんで、これに花を生けて床柱にかけていた。道入の知人らはこの竹花入をおもしろがって、よく遊びに来たが、道入のところに行くことを、

「ノンコウのところへ行こう」

と言ったので、いつかそれが道入のあだ名となったというのである。

上述のように楽茶碗は道入に至って利休の規矩をはなれて、独立の陶芸となったのだが、道入以後はいつかまた昔にかえって宗易好みの中に閉じこもるようになったという。

本阿弥光悦

ノンコウと交情が深かったという本阿弥光悦は、楽焼きにも最も見事な名作をのこしているが、彼はあらゆる芸術において一流の名手であったのだから、名匠伝というたてまえから言っても、相当くわしく書く必要があろう。

本阿弥家の始祖は妙本という人物である。刀剣のことがくわしかったので足利尊氏の時に刀剣奉行となった。剃髪《ていはつ》して、妙本阿弥仏と名のったところから、その中間三文字をとって本阿弥という名字になったのである。以後、その家は刀剣の鑑定、研ぎ、拭い

等を職として足利将軍家の刀剣がかりとなり、足利家がほろぶと織田信長につかえ、信長の後には豊臣家につかえ、その後は徳川家につかえた。

これは本阿弥の本家で、光悦の家は分家である。本阿弥七世の光心は、はじめ子がなかったので、光二を養子にして娘の妙秀とめあわしてあとつぎにしたが、その後実子光刹《こうさつ》が生れたので、光二は別家した。これが光悦の父である。

光二ははじめ織田信長につかえている。思うにそのころは光刹がまだ生れていなかったか、生れていても幼かったのであろう。秀吉の代になると、加賀の前田家につかえている。前田家は光二に二百石の知行を給しており、これは光悦に伝承されている。

光悦は永禄元年（一五五八）に生れている。桶狭間《おけはざま》戦争の前々年だ。本能寺の事変は二十五の時、秀吉の死んだ時は四十一、関ヶ原役は四十三、死んだのは寛永十四年（一六三七）、八十歳である。足利氏、織田氏、豊臣氏、徳川氏と、興亡あわただしい時代を、自らの目でまざまざと見たのである。

彼は家業である刀剣のことはもちろん、書画、蒔絵、彫刻、鋳金、陶器、茶道、造庭等、さまざまの道に通じてみな一流中の一流の技能があったのだが、その特色を一言にして蔽えば、豪宕《ごうとう》雄大である。彼の生涯もまた豪宕雄大、太い線でつらぬいたように堂々たるところがある。時代の風気を最もよい意味で受けているのである。

しかも、後世のわれわれを最も強く打つのは、彼の人格の清冽で高雅なことである。

それを語る話は多いが、いくつか上げてみよう。

その一

ある時、光悦は小袖屋なにがしの所蔵する瀬戸の肩衝《かたつき》の茶入を見た。気に入ってゆずってくれないかと交渉した。黄金三十枚ならゆずってもよいという。買うことにして、持ち家を金十枚で売り、二十枚は人から借りた。小袖屋はこのことを聞いて、

「それほどのご執心、うれしゅうござる。さらば少し値を引きましょう」

といった。光悦は、

「値を引くならば買うまい。この茶入は立派に三十枚の値打のあるものだ。それ以下に買うのはいつわりである」

といって、三十枚で買った。

京都中この話で評判になり、人々はみな光悦を気違いだと言ったが、家康の耳にはいると、

「いやいや、見事である。さすがは光悦である」

とほめたという。

この話にはつづきがある。

その二

光悦はこの茶入に茶を入れて、前田利長（利家の次代）の伏見の屋敷に持って行って献

上した。利長は、

「ささて、よい茶入を見つけてくれた。うれしいぞ」

とよろこび、光悦の帰る時、家老の横山山城守に言いふくめて、白銀三百枚を下賜したが、光悦は、

「父以来、お蔭をこうむってたくわえておいた金でもとめたものでございます。ご下賜銀などめっそうもございません」

と言って受取らない。横山をはじめ家老らはあきれながらも、せっかくのご下賜であるのを、お受けしないとはなにごとであると、口々に言い聞かせたり、しかったりしたが、どうしても受取らない。

帰宅して、このことを母の妙秀に報告すると、妙秀は、

「よくぞそうしやった。その白銀をいただいては、せっかくの茶入がすたるところであった。それをいただいて帰るような根性では、そなたは生涯茶の湯で楽しむことは出来ないところであった。ああ、よくぞ、そうしやった」

と、ほめたという。

あとでまた改めて説明するが、光悦の性格の形成には、この母の教育がよほど力になっているようである。

その三

光悦の懇意にしている富有な町人がいた。ある年の大みそか、光悦がその家に行くと、借金とりがつめかけ、家中に満ちてあふれるばかりであった。光悦は破産さわぎでもおこったのかと、おどろき心を痛めながら、裏口からはいって座敷に通ると、そこにかねてその家に出入りする禅門（ここでは俗人で剃髪入道している人）がいて、茶など出してもてなした。

「当家のこの取込みはどうしたのです」

とたずねると、禅門は笑って、

「これはそなた様などのご存じのないことです。当家では毎年のことです。当家のしきたりでは、毎年今夜の夜半ごろから支払いをすることになっています。そうすると、少々勘定がちがっても、文句を言わないで帰って行きますので、大分のもうけになるのです」

と説明した。

光悦は顔色をかえ、一言もいわず、立上ってかえり、以後はその家と交際を絶った。彼は後年、このことを一族の者にこう説明している。

「大みそかには、人はみなしたくをととのえて、めでたく正月を迎えようとするのだ。しかるにあの家では、私慾のためにこのずるいやり方をつづけ、毎年人を苦しめていた。わしはあの家のこのずるさがわからず、四十年以上も交際をつづけていた。まことに残念である。皆も人との交際には気をつけるがよいぞ」

光悦にしてみれば、自分の身によごれがついたような不快さであったろう。

その四

光悦は、本阿弥一門のものと申し合わせて、

「本阿弥一門は、娘を将軍家へ奉公などさせてはならない」

と決議し、家憲の一条にした。その理由を、彼は、

「そういうことをすれば、ひょっとして、その娘が将軍家のお気に入って若君など生むようなことになり、自然、一門の者が手厚いお引立てをこうむることになるかも知れない。女の縁でそうなっては、先祖は不快であろう」

と説明し、さらにこうつけ加えている。

「高言を申すようだが、この心掛は大名、小名、旗本、陪臣の人々にもほしいものだ」

光悦の時代を考えると、光悦のこのことばは最も高邁《こうまい》である。

京の公家たちが自分の娘らを一種の売り物として、将軍、大名、下っては大町人や大百姓らの妾にやることは、江戸時代を通じて普通のことであった。大名は後にこそなくなったが、豊臣時代には娘を秀吉や秀次の妾にさし出している。旗本は江戸時代を通じて将軍の側室として娘を提供している。こんな時代に、町人である光悦が家憲として定め、はっきりとこう言明しているのだ。いかにその心が清白、高邁であったか、わかる

のである。彼の道義精神は時代の水準をうんと高くぬいていたのだ。富貴は彼にとっては浮雲でしかなかったのである。

光悦のこの人がらの見事さは、母妙秀の薫陶によることが大きかったといわれている。前にもそれはちょっと触れたが、たしかに妙秀はたぐいまれな賢婦人であったようだ。

その一

妙秀の夫光二が郷義弘の刀を手に入れた。信長に謀叛した荒木村重の所蔵だったものである。光二はこれを信長に献上したが、信長はこれが荒木のものであったことを知ると、

「むほん人の持っていた刀は不吉である」

といって返した。

信長の重臣佐久間信盛は貧慾な人間として、当時の歴史で有名な人だが、この刀をただで巻き上げようとたくらみ、光二のことを信長にざん言した。こうすれば取りなしを自分に頼んで来るであろうから、賄賂として郷を巻き上げようと思ったのである。

信長は光二を怒り、やがては死罪にもしそうな模様となった。一家の者はなげき悲しみ、ひたすらに謹慎していた。

ところが妙秀は信長に直訴したのだ。信長の鷹狩に行く途中、飛び出して、馬のあぶみにすがりつき、

「わたくしは本阿弥光二の妻でございます。夫は無実の罪のためしかじかでございます。よくよくご詮議下さいますよう」

と言った。信長は立腹して、

「にくい女め！　はなせ、はなせ！」

あぶみでけ飛ばしたが、ふと、ほんとに夫が悪いことをしているなら、連れそう妻の知らない道理はない、これは無実の罪にちがいないと考え、翌日、光二を呼び出して、赦免したという。

その二

これは秀吉の時代のことだ。

光二の家に大盗石川五右衛門がはいり、土蔵を破って中にあったものを全部盗み去った。光二は娘の縁付き先へ泊りがけで行っていたが、知らせを聞いて走りかえった。土蔵の中身のこらず盗み去られ、その中には諸家からあずかっている刀や脇差類が多数ある。正直ものの光二が、

「なんと申しておわびしようぞ」

と、なげくと、妙秀は、

「当家へ刀・脇差をお頼みになっているほどの人は、立派なご身分の方々ばかりであります。よくわけをお話し申せば、ぜひ返せとは申されますまい。そんなになげきなさる

ことはありますまい」

と、なだめた。また、人々が、

「盗賊の盗んで行ったのは、世にかくれもない名刀ばかりですから、すぐ足がついて、盗賊共は召しとられましょう」

と言うと、妙秀は、

「されば。それを思えば、胸が痛みます。盗賊とはいえ、多数の人が死罪になるのですからのう」

といって、たった一枚、賊が取落して行った白綾の小袖を檀那寺の本法寺に布施としておさめ、盗賊共のために祈ってもらったという。

事にあたって動顛《どうてん》しない強さといい、あわれみの心の深さといい、なかなかの人だ。

その三

妙秀には光悦、宗知の二人の男の子、二人の女の子があったが、この子供らの育てようはこうであったという。妙秀は子供らが少しでもよいことをすれば、口をきわめてほめた。また悪いことをした時には、決して人の前ではしからず、そっと連れて蔵にはいり、扉をしめてカンヌキをさした上で、子供をひざに抱き上げて、やさしくこんこんと言い聞かせたという。子供にも誇りがある。それを傷つけないように心を用いたのである。

その四

こんなにやさしいかと思うと、こんなこともあった。光悦の弟の宗知は京都中の人から大正直者といわれるほどの人であったが、妙秀に勘当されたことがある。宗知の友人で、妻が疱瘡《ほうそう》をわずらった後みにくくなったというので、離縁した者があった。妙秀は宗知に言った。

「あの男は人の道を知らぬ畜生です。畜生とつき合うものは畜生です。つき合いをやめなされよ」

「かしこまりました。そうします」

と宗知は答えたが、急にはそうもしかねたのだろう。交際をつづけていた。妙秀はこれを聞くと、宗知を呼び、

「そなたはまだあの畜生どのとつき合うていやるげな。わたしの子は畜生であってはなりません」

と言いわたして、勘当したのである。

やさしく行きとどいている反面、切所にあたっては秋霜のようなきびしさのあるこの母に育てられて、光悦は最もいさぎよく、最も高邁な人格に成長した。彼の芸術は、この清白高邁な性格の具象化である。雄大・豪宕の帝王的風格があるとともに、いささかの俗臭がないのである。

彼が書道の名手であったことは前にも触れたが、それについて、最も有名な話がある。

当時、この道では近世の三筆とて、関白近衛信尹《のぶただ》、光悦、男山の滝本坊の松花堂昭乗の三人を称した。ある時、近衛信尹が、光悦に、

「世間では三筆と申しているそうなが、それでも優劣はあろう。そなた、どんな順序になると思うか」

と言ったところ、光悦は、

「まず……、次はわが君、次は松花堂」

と言った。信尹が、

「そのまず、というのは、だれのことか」

とたずねると、光悦は、

「恐れながら、わたくしのことでございます」

と答えた。信尹は笑い出したという。光悦の自信のほどがわかるのである。

ある時、光悦が信尹のもとに伺候すると、信尹はこわい顔をして、光悦の手をつかみ、

「おのれは、おのれは、おのれは……」

と言う。何かおこっているようだ。光悦にはおこられるおぼえはない。何がごきげんを損じたろうと思っていると、信尹は、

「なぜにそううまく書くのか」

といって、笑い出したという。

たしかに、光悦の書は大したものである。ぼくには帝王的堂々性とゆたかさがあるとすら感ぜられる。しかし、これは書だけではない。彼の芸術全体にある風格である。

この文章は、陶工伝中の一人物として光悦を書いているのだから、陶技以外の彼の芸術にそうはいるわけに行かないが、走り書き程度には書かないわけに行かない。ざっとひとなでしよう。

絵画

光悦の絵は最初海北友松《かいほうゆうしょう》に学び、後土佐派の画風を学び、やがて独自の画風をはじめたという。彼の画風を慕った者に俵屋宗達がおり、合作のものさえあるという。彼の孫空中斎光甫《くうちゅうさいこうほ》があり、尾形光琳、その弟乾山もいる。この二人は光悦の死後生れているのだが姻戚の関係もあって、光悦の画風を慕っているのである。

フェノロサは外人にしてはじめて日本の芸術を認め、これを欧米人に知らせた人だが、「日本の貴族的芸術」という標題の文章の中で、光悦、宗達、光琳、乾山を世界の最大画家と激賞し、「この偉大な貴族的芸術の創始者は本阿弥光悦である」と言っている。

光悦自身は絵にはあまり自信がなく、絵は自分より松花堂昭乗の方が上手だと言っているが、それでもこんなに高く後人から評価されているのである。

蒔絵

秀吉の時代に蒔絵は戦国の衰勢から立ち直って盛んになったが、これを大躍進させたのは光悦であるという。彼は、鉛、錫、青貝等を使って、新生面をひらいた上に、その得意とする書画の技倆を存分にふるって、中国風を脱することの出来なかった蒔絵を、大和絵風に茶の湯の趣味をまぜるという新しい様式のものとして、漆工界を大進歩させたという。

彼の名作が多数のこっている。彼の蒔絵は絵画と同じく、後に光琳をおこしている。

鋳金

これは彼の茶の湯の好みから出たもので、図案をあたえて釜師に茶釜をつくらせたのだ。現存しているものでは、京都本法寺(彼の家の檀那寺)の月の釜、光悦寺の太虚庵の釜が最も有名であるという。

このほか、造庭、彫刻等があるが、このへんでおわろう。陶技のことはあとで書く。

元和元年(一六一五)、光悦は五十八になったが、その五月八日、豊臣氏がほろび、大坂城が落ち、その一月後の六月十一日に古田織部が切腹させられた。

織部正は光悦の茶の湯の師匠であった。光悦の茶の湯は一流一派に拘泥《こうでい》せず、織田有楽からも、千宗旦からも教わったことがあり、裏千家にもよく遊びに行っており、織部のきらびやかな茶の湯は光悦の好みに合ったろうとは思われない点もあるが、何といっても最初からついて長い間指導を受けているのだから、悲しみいたむ心はずいぶん深かったろう。しかし、それについては何も伝わっていない。徳川家にはばかりがあるので、記録者が記録しなかったのであろう。

やはりそのころのこと、徳川家康は二条城に滞在していたが、所司代の板倉伊賀守勝重を召して、

「本阿弥光悦は今どうしているか」

とたずねた。光悦は町人ながら一種の名士であり、その清廉で高潔な性行に、家康は好意を持っていたのである。

『本阿弥行状記』に「権現様は、古い昔のことを思い出されるためか、いつも光悦のことをおたずねになったと、松平右衛門太夫殿が申された。角倉了以《すみのくらりょうい》に命じて、高麗の筆や唐墨などをたびたび下さった」とある。

「存命でございますが、ご承知の通りの変りものでございますので、京には住みあきたゆえ、どこぞ田舎に行って住みたいと申している由でございます」

と、板倉は答えた。

「ほう、そうか。そんならば、光悦に住むところを取らせよう。丹波か江州から京へ出る道筋に、人里はなれてさびしく、時々辻斬りや追いはぎなどが出て、用心の悪いところがあろう。そこらをひろびろと取らせて村里をつくらせるがよい」

と、家康は言った。

家康はケチだから、無駄なことはしない。好きな光悦に好意を見せてよろこばすと同時に、京都への街道筋を安全にしようというのである。

家康のことばがあったので、板倉勝重は方々物色して、京の西北方、鷹ヶ峰の麓を見立てて、光悦に下賜した。ここは若狭から丹波を経て来る道筋にあたって家康の注文通り山賊や追いはぎ共のすみかだったというのである。下賜された土地は、東西二百間余、南北七町あったという。原野である。現在の光悦寺を中心にした附近一帯の地であるが、高みになっていて、わきに衣笠山や左大文字山が美しい山容を見せて、なかなかの景勝である。

光悦は一門・眷属《けんぞく》と自分の指導を受けている職人らをひきいて移ったので、荒野はたちまち一大芸術街となった。光悦町といったという。

光悦の製陶は、もちろん、その芸術的天分がさせたのではあるが、直接の原因は茶の湯が好きだったからである。これに使う茶碗、香盒、水さしなどを、気に入ったものを作りたいと思うのは、光悦のような人間には最も自然なことである。

彼のこの道の指導者は、最初は常慶だったというが、これは道入（ノンコウ）の項で書いたが、後にはその子の道入に指導を受けた。だから彼の製陶はすべて楽焼きである。

彼は京の市中にいるころからこれをはじめたが、鷹ヶ峰に移って以後、ここに良質の陶土を発見したので、一層熱心になった。彼の傑作のほとんど全部がここで作られたものだという。ぼくは数点を写真で見たに過ぎないが、いずれも彼の芸術に共通な、堂々たる風格があって、光悦なるかなの感がある。

宇野三吾氏の光悦の作品評を拝借しよう。

光悦の楽焼茶碗は、いうまでもないが全く文字通りの逸格で、焼き物にも極地があるとすれば、まさにこれは〝極〟である。これほど構え方の大きい作品はない。焼き物に限らず、真の芸術として、稀有のものである。これほど自然、天然の土の性質を思い切って出し、土自体から自然の力の盛上り切ったところの形を捉えているものは外にはない。光悦は、完全に自然と遊び、造形も自然の能力のままに無法であり、捉われない構えは、剣の最高最上の無礙《むげ》の境のようなものである。(『日本のやきもの　京都』)

彼の作品は赤楽、黒楽両種あるが、大別して鷹ヶ峰窯、ノンコウ窯になる。前者は鷹ヶ峰で焼いたものであり、後者は道入の窯で焼いたものだという。ほかに瀬戸光悦、膳《ぜ》所《ぜ》光悦、加賀光悦、萩光悦等があるが、これは光悦が注文をつけてそれぞれの土地の窯に焼かせたのがはじまりで、後にはこれにならって、それぞれの地で焼いたものだという。もっとも、加賀には道入を同道して行って作ったこともあるという。

彼の傑作の茶碗の一つに「不二山」というのがある。光悦は大へんこれが気に入っていたところ、娘のふじが縁づく時、袂《たもと》に入れてたずさえて行ったので、こういう名がついたのだという。一名を「振袖」ともいう由。

光悦のこの陶器つくりが、後に乾山をこの道に呼ぶのである。

光悦は寛永十三年の秋ごろから気分がすぐれなくなった。年も年なので、所司代の板倉重宗（勝重の子）が見舞に行くと、木綿の夜具を着て寝ていたので、その倹素に重宗は感心したという。

何分にも高齢であるので、再びたたず、翌年の二月三日、死んだ。

ずっと以前のことだが、彼は手がふるえるというので、家康から中風の名薬烏犀円《うさいえん》をもらっているから、中風で死んだのだろうといわれているが、実際はわからない。老衰死だったと見ても不自然ではない。なにせ、行年八十だ。

乾山

光悦の姉法秀の縁づき先に尾形道柏というのがいた。道柏の子宗柏は光悦が鷹ヶ峰に移った時、一緒に移っている。尾形家は道柏の時は貧しかったが、元来江州小谷の浅井家の遺臣であったので、宗柏の代になると淀君（浅井長政の女）のひいきを受けて呉服御用をつとめ、徳川将軍の代になると秀忠夫人小督《おごう》（淀君の妹）からひいきにされ、その関係で東福門院（後水尾天皇の中宮、小督の女）からもひいきにされ、富みさかえて来た。光琳、乾山は、この宗柏の曾孫である。

光琳の通称は市丞、乾山は権平、五つちがいの兄弟である。兄弟には藤三郎という長兄があった。

貞享四年（一六八七）、光琳三十、乾山二十五の時、父が死んで藤三郎が家を相続し、弟二人は等分に遺産をもらった。乾山は市中の家屋敷二ヵ所と金銀・諸道具をもらったが、注意すべきは、この諸道具の中に亡父所蔵の書籍一式と仰月江墨蹟とがあることだ。乾山は読書子だったのである。

乾山はまだ少年のころに光悦の孫空中斎光甫《くうちゅうさいこうほ》から楽焼きを教わっていたので、時おり試みていたが、元禄二年（一六八九）、二十七のとき、御室《おむろ》の仁和寺《にんなじ》門前の双ヶ岡《ならびがおか》の麓に新居をかまえたころから、近所にいた野々村仁清《にんせい》について学んだ。だから、彼の作品には、楽焼き、陶器、磁器、いずれもある。

三十二のとき二条関白家から鳴滝泉谷の山屋敷を拝領したが、五年後の元禄十二年、ここに窯を築いた。仁和寺宮から許されたのだというが、おそらくは、普通の者が自由に新窯をひらいてはならない窯業者なかまの規定があるので、仁和寺宮にお願いしてご用窯という名義で許されたのであろう。ここは都の乾《いぬい》（西北）の方角にあるので、乾山窯といい、やがてそれが彼の号となったのである。

このころの彼には助手がいた。仁清の長男の清右衛門と京都市中の押小路で出来る押小路焼きの孫兵衛の二人である。この二人が造形、釉かけ、焼成などを受持ち、乾山はデザインをしたり、賛や銘を書いたりしたのだという。乾山は書が上手であり、漢詩文の教養が豊かだったから、それを生かしたのであろう。光琳もまた絵つけをしてやり、合作のものがあるという。

上述のことで想像がつく。この時期の乾山はディレッタントに過ぎなかったようである。遺産が十分にあって、生活にも不自由がなく、自由に好みを追求して行ったのであろう。

しかし、鳴滝に四十九までいる間に遺産も底をついて来て、この道で衣食しなければならなくなったからであろう、五十のとき、二条通丁子屋町に移転した。市内の方が商売上便利であったからであろう。

鳴滝の窯のあったところは、現在では法蔵寺という黄檗《おうばく》宗の禅寺になっている。窯あとは庫裡《くり》の台所のわきをすりぬけて行って、赤土の道を少し上ったところにあり、堂本印象の筆になる記念碑が立っている。焼き物の破片が時々出土する由である。ぼくの行ったときにも、サヤのかけらが二三個ころがしてあった。

乾山が市内に移転してから四年目に光琳が病死した。光琳は途中江戸に下っていたが、このころでは京に帰って来ており、乾山の絵つけを手伝ったりしたという。この兄弟はまるで正反対の性格で、光琳が元禄という時代をそのままに表現したような、あくまでも華麗で明るいのにたいして、乾山は学問や読書が好きであっただけに、内省的で、ものしずかで、「深省」と号しているくらいである。従って芸術も対照的である。野口米次郎氏は、二人の芸術を「金の光琳、銀の乾山」と呼んだことがある。けれども、兄弟なかは至ってよかったのだから、乾山としては力落しであったに相違ない。二人が晩年に相合わなかったという説があるが、これは、性格が正反対なのだから、多分だんだん合わなくなったであろうという想像にすぎない。証拠はなんにもないのである。

丁子屋町に移転してからの乾山の商売はなかなか繁昌して彼の名も高くなった。どんなものを焼き出したかは、専門家の説を拝借しよう。

乾山の最大の特長は、仁清の作品と違い、広い階層にわたって使用出来る器物が多く作られたことである。中でも印象的なのは、土器皿の絵がわりセット、ふたもの、向付、角色紙小皿、中皿、茶腕、鉢、香炉など小品類が多い。（宇野三吾氏――『日本のやきもの　京都』）

これをもってみても、窯業を本職として本格的に商売をはじめたことがわかるのである。

乾山の陶法は、仁清伝授の本焼(陶器)、本焼掛釉、本焼下絵釉(黒絵・銹絵・呉須絵)、上絵付色釉などの法と、孫兵衛伝授の内焼(楽焼)の釉法を骨子とし、これに自家の工夫を加えたもので、楽焼、陶器はもちろん、磁器も焼いており、下絵、下絵の絵付も、黒絵・銹絵・呉須絵・色絵があり、ほとんど各種にわたっています。(満岡忠成氏――『やきもの教室日本編　乾山』)

これらの仕事には、仁清の子供で、後に二代乾山となった伊八が手伝っているという。享保十六年(一七三一)、六十九のとき、乾山は江戸に下っている。商売としての窯業がうまく行かなくなったのかも知れない。あるいは、元禄のころから江戸の文化も上方におとらないようになっているので、江戸人らに自分の芸術を問うてみたくなったのかも知れない。上野の宮様公寛法親王のご眷顧《けんこ》によるという説が昔からあるが、法親王のごひいきをいただいたのは江戸下り後のことで、京都にいる間ではなかったように、ぼくには考えられる。

ともあれ、江戸に下って、再び京へは帰って来ないのである。

江戸に下った乾山は、上野の宮様公寛法親王のご愛顧をいただくことになった。仁和寺の宮様あたりからご紹介をいただいたのかも知れない。寛永寺は天台宗、仁和寺は真言宗と、宗旨は違うが、宮様同士には宗旨の違いなど問題ではなかろう。

ぼくが乾山は在京中に公寛法親王のご眷顧をこうむるようになったのではあるまいと考えるのは、宮様はこのときから十七年前の正徳四年（一七一四）に関東に下向しておられ、その以前もあるいは園城寺に、あるいは滋賀院におられて、京都には住んでおられないからである。知遇を受ける機会はほとんどなかったように思われるのである。ともかくも、公寛法親王のご愛顧を受けるようになって、入谷に住いをかまえた。このへんは寛永寺の領地で、土器つくりや瓦屋などのいる土地だったのである。宮様のごひいきがあるといっても、それほど乾山の生活が豊かであったろうとは思われない。彼は生活のへたな男であったようであるから、清貧だったのではあるまいか。江戸へ来てから六年目の元文二年（一七三七）、野州佐野の数奇者《すきしゃ》らに呼ばれて佐野に下り、その人々に作陶の指導をするかたわら、自分も製作した。今日佐野乾山として伝わる作品だ。

年が明けても、佐野に滞在をつづけていたが、三月半ば、公寛法親王がこの三月七日になくなられたという知らせがとどいた。乾山はおどろいてはせかえった。このとき、彼は七十六である。老年の旅の空で保護者を失った悲哀はおもうべきものがある。

公寛法親王の次は公遵法親王が座主となられたわけだが、もともと物質的にはそう保護を受けていたわけではないから、生活にはかわりはなかったはずだ。晩年には入谷を去って、本所六間掘の材木屋筑島屋の長屋に住んで製作していたという。貧しかったようである。

乾山と光琳の性格の相違を具体的な話を引いて語ろう。この兄弟は豊かな芸術的天分があり、それをフルに発揮して、共に大芸術家となったという以外には、似たところがまるでない。光琳は正妻のほかに数人の妾があったが、乾山は生涯を独身で通した。光琳の生活は豪奢で、贅沢で、京でも、江戸でも、富有な大町人らと仲よく交際している。当時の大町人の贅沢な生活ぶりは、色々な口碑となって伝わっている。江戸の富豪石川六兵衛の妻が、京の富豪難波屋十左衛門の妻と衣裳くらべをするために上京し、両人東山のあたりで出会ったところ、難波屋の妻が緋繻子《ひじゅす》に洛中の風景を繍《ぬ》いものにした目もあやなものを着ているのにたいして、石川の妻は黒羽二重に南天の木を染めた、至って地味なものを着ていたので、見物の人々は、

「これが何の衣装くらべや！　江戸方のあのざま見いや」

と、笑ったが、さてよくよく見ると単に赤い色で染め出したとばかり見える南天の実は、全部本ものの珊瑚珠を縫いつけたものであったので、おどろきあきれ、石川方の勝ちとなったという。

光琳はこれらの大町人らと親しく交際していた。あるとき、皆と一緒に花見に行った。時分どきになったので、弁当をひらくこととなった。いずれも結構な蒔絵の重箱に山海

の珍味をつめている。光琳一人は竹の皮包みのむすびであったが、よくよく見ると、その竹の皮の裏には金銀や五彩のうるしで蒔絵をほどこし、美麗かぎりないものであった。人々のおどろき注視する中に、光琳は悠々とむすびを食べてしまうと、その竹の皮をぽいと川に投げこんだ。人々は一層おどろいたというのである。

これは作り話かも知れないが、光琳の日常がはなやかで、贅沢であったればこそ、こんな話もつくられたのであろう。

ところが、乾山は上野の宮様から呼ばれて参上するときも、土のついたままの服装で、至って無造作な姿であったという。

あるとき、宮様が、

「関東の鶯は音色がよくない」

と仰せられたので、乾山は京から鶯を取りよせて献上した。宮様はこれを近くの谷間にお放ちになった。これが「鶯谷」という地名のおこりであるという。

寛保三年（一七四三）六月二日、前記の筑島屋の長屋でなくなった。八十一。

放逸無慚八十一年
一口に呑却す沙界大千
うきこともうれしき折も

すぎぬれば
ただあけくれの
夢ばかりなる
霊界深省居士

というのが、その辞世である。

仁　清

乾山の窯あとのある法蔵寺から、仁清の墓のある正覚山妙光寺にまわった。この寺は普化《ふけ》宗法燈派の寺だという。虚無僧寺である。仁清の墓は寺の横の墓地にある。高さ一尺六寸、かわいらしいほどの石碑が立っている。とうてい仁清ほどの名工の墓とは思われないほどだが、こんなに小さいので盗難にかかってはならないと、ひところは寺で蔵にしまっておいたという。

その墓を出ると、同行の、読売新聞京都支局の高橋氏がいう。

「仁清の仁和寺の窯あとは、現在は伊藤大輔氏の屋敷になっています。行ってみましょう」

伊藤氏の家の門のわきには、京都市で建てた「仁清窯あと」ときざんだ石が建てられているが、門扉はかたく閉ざされ、わきのくぐりの上には「忌」と書いた小さい紙札がはってあった。

ぼくは元来生面《せいめん》の人に会うのは好きでない。相手が忌中の人ときては一層だ。

「忌中ではしかたがない。このままかえりましょう」

と、いい幸いにして、忌中札を指さして言ったが、高橋氏は新聞記者だからそんなことではあきらめない。ちょっとあいさつだけして来ましょうというようなことを言って、くぐりをはいって行った。ぼくは車に乗りこんだ。ことわってもらった方がありがたいと思っていたのだが、すぐ出て来た高橋氏は、伊藤さんが見せると言っているという。いたし方はない。車をおりて門にさしかかると、美しい奥さんが出て来て、どうぞどうぞと言われる。

和風の応接間に通されると、伊藤さんが出て見える。紺の絹紬《けんちゅう》の、筒袖の着物にモンペをはいた姿だ。ごく愛想よく応対して、

「今でも陶片が出るのですよ。庭をいじっていると、よく出て来るのです。ずいぶん沢山たまったのですが、どこかへしまってしまって……」

といいながら、箱を持ってみえた。

「仁清」と刻印のはいった糸底がざくざくはいっている。皆、仁清特有のきゃしゃで美

しい書体だ。中に上に二弁の桜の花びらを山形においたのがあるが、これは仁和寺の御用品の場合捺したのだという。

「陶片には枯淡な渋い味のものと、けんらんたるやつがあるのです」

「どちらが先なんでしょうか。普通ならけんらんから枯淡に行くのが常道ですが」

「それですよ。ぼくもそう思うのですがね」

「川口（松太郎）君が、わたしがここに住むようになった時、そういうことなら、仁清をやろうといったのですが、その後、仁清にはニセモノが多くて、仁清かニセかとまで言うそうだ、せっかくやってもニセモノであってはすまんから、約束は取消すといいましてね、くれんのですよ」

と言って、笑った。

「釉薬をひいたり、原石をくだいたりしたのでしょう、石臼がずいぶん土中から出て来ましてね。ごらんなさい」

と、庭に連れて出る。庭には十七八個の石臼が飛び石としてしいてある。庭木の間におかれたそれは、なかなかいい風情であった。

庭伝いに裏に出ると、おそろしく大きな、学校の雨天体操場ほども大きい平屋の古い家があった。

「飛騨の高山の在から持って来たのです。庄屋の家です。解体して薪にしてしまうというので、おしいと思って買って来ました」

その建物のあるへんから、前方一帯まで仁清の屋敷だったというから、ずいぶんな広さだ。しかし、このへんには陶片は出ないそうであるから、現在伊藤氏の住宅と庭のあるあたりが窯場で、ここらは居宅や庭園のあったところであろう。

日没少し前までいて、お茶のごちそうになって、辞去した。

翌日、八坂塔近くに宇野三吾氏を訪問した。

宇野氏は陶工であり、陶磁器研究の大家である。すでに本稿にも、その説をたびたび借用した。

昨日伊藤氏の邸に行って、出土した陶片を見せてもらって来た話をすると、

「ああ、そうですか。しかし、あの土地は仁清のあといく人もの陶工が窯をつくって製作し、なかには仁清のニセモノを専門につくっていたのもいるのですから、そのつもりで用心してかからないと危険なのです」

と、やわらかな京なまりのことばで、宇野氏は言う。昨日伊藤氏に聞いた、仁清かニセかということばを思い出した。

読売の東京本社から同行の山村氏が、これはどうでしょうといって、昨日鉛筆で紙にすり出して来た「仁清」銘をいくつか見てもらった。宇野氏は見て、

「これは皆いいようです」

という。お愛想だったかも知れない。鉛筆ですり出した拓本などが、ニセモノであろうが、本モノであろうが、大したことはないのである。

「出土する陶片に、枯淡な感じのやつとけんらんたるやつとがあるそうです。どちらが先だろうと伊藤さんと話し合ったのですが」

と、ぼくがたずねると、宇野氏は言う。

「仁清は普通の人とは逆に、枯淡からけんらんに移って行った人なのです」

「ほう、そうですか」

ぼくはおどろいてしまった。

以下、諸書によってぼくの得た知識を、この日の宇野氏の話で整理したところを書く。

仁清は、丹波国桑田郡野々村の人である。本名は清右衛門。野々村は、現在は北桑田郡美山町という。丹波でも、ずっと北部の高原地帯で、山一重こえれば若狭国というところである。

このへんは鎌倉時代に、栂《とが》ノ尾《お》高山寺の明恵《みょうえ》上人が茶の木を植えひろめた土地の一つで、葉茶の名産地となっていた。またここは裏日本から若狭湾にはいって来る大陸文化の輸入路の要地でもあったので、古い時代から朝鮮の影響による窯業もある程度さかんであった。

清右衛門はここで茶壺を焼いては、それに葉茶をつめて京に売りに行っていたが、いつか京に出っきりになって、京で焼き物をつくるようになった。

彼が京に出て来たころ、京都には清水や粟田に陶物窯が、もちろんあったが、よい作品は出来なかったらしい。彼はロクロ技術では古今を絶するほどの名手であるというが、どこで修業したか、たしかなことはわからない。伝説的に伝えられるところでは、信楽、伊賀、渋谷などで修業したという。

このころの彼の作品は、枯淡な感じのものであったという。それは利休流の侘茶が本流をなしていたからであろう。利休が秀吉の命によって自刃して以後は古田織部が天下一の茶の湯宗匠としてもてはやされるわけだが、織部が利休好みを離れて自由に自らの好みを追求するようになるまでには、いくらか間があったろうから、その間は清右衛門も侘茶にふさわしい器物を作製していたのであろう。

しかし、やがて織部が自らの好みを追求して、独自の新奇好みの茶の湯をはじめ、それが天下を風靡するようになると、清右衛門もその影響を受けて来たと思われる。宇野氏の説くところによると、色釉《しきゆう》の法はすでに室町時代から京にはあったという。明の七宝の法がはいって来ていて、聚楽第の釘かくし、引き手、鐶《かなわ》などが造られているという。七宝の法は色陶とは少しちがうが、これを工夫して陶器にも使えるようになっていたらしいと、宇野氏は推察して、たとえば押小路焼きなどがそれであるようだというのである。

清右衛門はやがて美濃に修業に行ったが、このころ、金森宗和の知遇を得た。金森宗和は本名重近、飛騨高山五万八千余石の領主金森可重《よししげ》の長男である。古田織部の高弟であるこの父から茶の湯を学んで名手をもって称せられていたが、なにが原因か、父に勘当されて京で蟄居《ちっきょ》し、やがて廃嫡されたので、剃髪して茶の湯三昧にはいり、宗和流の一派をひらいた。

宗和の茶の湯は、利休のものとも、織部のものとも違う。

「満開の花を茶室一ぱいに持ちこんだ、はげしさと静かさを保っている茶で、均衡を保つ微妙さは、素朴な室町のモノクローム（単色的）な茶とは反対で、表裏を表現した茶で、単に侘を固定した一つの観念としてとらえる単純な茶人からは反撃を受けるであろう」

と、宇野氏は説明している。

当然なことと言ってしまえばそれまでのことだが、茶の湯にも時代の影が濃厚に反映する。利休の茶の湯は言ってみれば、織豊時代の金ピカの成金趣味と正反対であるところに驚きがあり、感動があったのであり、織部の茶は時代の新奇好みの風潮にさおさしているところに魅力があったのであるが、宗和の茶は太平のおおどかで悠々洋々として温藉《おんしゃ》なところに、時代の人の心をとらえるところがあったのであろう。

この宗和の感化を受けて、清右衛門はどんな焼き物をつくったか。また、宇野氏のことばを拝借しよう。

「室町、桃山の自然の味わいの強い焼き物にひたった人は、このやわらかい、人間臭の被服（辻ヶ花的——染め物の一種、しぼり模様まじり）のかおりに満ちた焼き物には眉をしかめるかも知れないが、しかしそこにひそんでいる近代的な輝きには眼をおおうわけには行かない。およそ野趣に富むものを好む人には受入れられない」

つまり、平安朝極盛期の大宮人の趣味である。あくまでも洗練され、あくまでも優雅典麗なものを追究して行ったのである。宇野氏も、

「彼の作品は宮廷関係者の間では絶賛を博したことであろう」

といっている。この時代の公家さんたちは、間近く戦国乱離の世を経験して来ているので、決して王朝極盛のころの人のようではなかったはずであるが、王朝極盛期の宮廷人の趣味は彼らの理想であり、それにならおうとつとめていたのである。

こんなわけだから、彼の保護者は、後水尾天皇、東福門院、仁和寺宮覚深法親王、梶井宮慈胤法親王、桂八条宮智仁親王、聖護院宮、近衛家熙《いえひろ》等、ほとんど全部が宮廷の最高貴族であった。

それでは、具体的にはどうであったかといえば、天目ぐすり、色絵さまざまであるが、いずれも洗練をきわめてきゃしゃで、艶麗しごくなものであった。そして、その絵は狩野派であるという。狩野安信に絵を習ったという説が昔からある。果してそうか確証はないが、画法が狩野派であることはたしかであるという。

赤絵なども、旧説では伊万里の柿右衛門が先であったということになっているが、宇野氏は柿右衛門以前に京には赤絵があり、仁清はこれらによって錦手を焼き出したようであると言っている。

彼は仁和寺門前に祭をひらいてから仁清と称するようになった。仁和寺村の清右衛門の略という説があり、また仁和寺宮からこの号をいただいたという説もある。仁和寺宮の推挙で播磨大掾に任官したことは事実らしいという。

彼はロクロも、釉も、絵も、窯技も、最高の域に達し、しかもすべてが融和し、少しも破綻《はたん》や不調和や生硬さがない。彼の作品には完成品ばかりで、完成以前のものはほとんどないと、宇野氏は言っている。

これほどの名手で、これほど世に迎えられた人なので、彼の出現によって、京の窯のほとんど全部が一変し、京の近世の焼き物は彼にはじまるとまで言われている。

晩年、京極氏に招かれて四国の丸亀に行き、この地で多数の傑作をのこしているという。

一体、年のわからない人であるが、宇野氏は元禄十二年以後、そう遠くないころに八十歳以上で死んだと見たいと言っている。

［完］

海音寺潮五郎〈かいおんじ・ちょうごろう〉
小説家。一九〇一年、鹿児島県伊佐郡大口村（現・伊佐市）に生まれる。国学院大学を卒業し、中学の国漢教師を勤めた後、創作に専念。三六年『天正女合戦』で直木賞受賞。代表作に『平将門』『武将列伝』『列藩騒動録』『孫子』『天と地と』『西郷隆盛』『幕末動乱の男たち』『江戸開城』など。七七年没、享年七十六。

海《かい》音《おん》寺《じ》潮《ちょう》五《ご》郎《ろう》 著

日《にっ》本《ぽん》の名《めい》匠《しょう》

二〇一九年十月三〇日初版印刷
二〇一九年十一月八日初版発行

印刷 日本ハイコム
製本 加藤製本
発行 土曜社
東京都渋谷区猿楽町
一一－二〇－三〇一

『日本の名匠』（中央公論社、一九七五年）を底本とした。初出は「名匠伝」（「読売新聞」六七年一月四日～二月十五日および三月十四日～六月十七日）。

西暦	著　　者	書　　名	本体
1939	大川周明	日本二千六百年史	952
1942	大川周明	米英東亜侵略史	795
1952	坂口安吾	安吾史譚	795
1953	坂口安吾	信　　長	895
1955	坂口安吾	真書太閤記	714
1959	トリュフォー	大人は判ってくれない	近刊
1960	ベトガー	熱意は通ず	1,500
1964	ハスキンス	Cowboy Kate & Other Stories	2,381
	ハスキンス	Cowboy Kate & Other Stories（原書）	79,800
	ヘミングウェイ	移動祝祭日	714
1965	オリヴァー	ブルースと話し込む	1,850
1967	海音寺潮五郎	日本の名匠	795
1969	オリヴァー	ブルースの歴史	近刊
1972	ハスキンス	Haskins Posters（原書）	39,800
1991	岡崎久彦	繁栄と衰退と	1,850
2001	ボーデイン	キッチン・コンフィデンシャル	1,850
2002	ボーデイン	クックズ・ツアー	1,850
2012	アルタ・タバカ	リガ案内	1,991
	坂口恭平	Practice for a Revolution	1,500
	ソロスほか	混乱の本質	952
	坂口恭平	Build Your Own Independent Nation	1,100
2013	黒田東彦ほか	世界は考える	1,900
	ブレマーほか	新アジア地政学	1,700
2014	安倍晋三ほか	世界論	1,199
	坂口恭平	坂口恭平のぼうけん　一	952
	meme（ミーム）	３着の日記	1,870
2015	ソロスほか	秩序の喪失	1,850
	防衛省防衛研究所	東アジア戦略概観2015	1,285
	坂口恭平	新しい花	1,500
2016	ソロスほか	安定とその敵	952
2019	川﨑智子・鶴崎いづみ	整体対話読本　ある	1,850
年二回	ツバメノート	A４手帳	999